NOZ

PERDEU VONTADE DE ESPIAR COTIDIANOS

Evandro Affonso Ferreira

Quem foi que apagou as velas
e interrompeu o banquete?
JORGE DE LIMA

Procurei-me a mim mesmo.
HERÁCLITO

Para meus filhos,
Gisele e João Rodrigo

CAPÍTULO I

Tempo todo abolindo perenidades de todos os feitios – conhece os escaninhos da anatomia da indecisão; sempre entrançando dúvidas: nunca vê labaredas-clareiras iluminando possíveis certezas – claudicâncias, sim, reluzem amiudadas. Ah, essa dança tensa dos titubeios procurando inútil os pormenores, as minúcias do indubitável... ah, essas dúvidas e suas sinuosidades semânticas e suas estruturas de complexidade irresoluta e seus desajustamentos reiterados, oscilantes... ah, esses rodopios tartamudos dos tatibitates... Nem tudo está perdido: ela, nossa ontológica personagem, consegue se livrar dos insaciáveis enxurros da afoiteza, essa deusa desordeira que provoca equívocos quase sempre triviais. Sabe-se também que se apega amiúde às abstrações para abolir pressupostos angustiosos dissipando-se nas conjecturas – motivo pelo qual sempre chega ilesa às sutis advertências da taciturnidade. Não é por obra do acaso que seu itinerário existencial insiste na perpetuação do desalento – esmorecimentos porfiosos provenientes talvez de murmúrios ininteligíveis dos deuses abstrusos, obscuros. Ah, esses precipícios desvairando sua topografia emocional... Nossa ontológica personagem vive tempo quase todo diluída na desesperança, imersa no desconsolo, mas nunca deixa que o desespero chegue a seu zênite: vez em quando amanhece deixando as fibras sedosas-utópicas do entusiasmo flutuando numa atmosfera inequívoca e inalterável. Ainda não conhece de cor e salteado a gramática do esquecimento – motivo pelo qual desconhece a simbologia sáfara do adeus. Apega-se àquela fatigante-ineludível saudade tecedora de pretéritos longínquos – infindável cortejo de estripulias infantis. Opressão contínua das rememorações – plangências mnemônicas; despojos de si mesma se acumulando no porão das reminiscências. Ah, essas crueldades minuciosas, esses imponderáveis perversos dos lapsos amnésicos... Dizem que ela, nossa ontológica personagem, nunca negou sua cumplicidade subalterna com o espanto: subserviente às perplexidades e seus inumeráveis-assombrados utensílios – entanto, não se acomoda resignante nos estupefatos. Ah, essas imponderáveis perversões da inquietude... Desconfiam que vez em quando, distante das regiões dos devaneios, ausente de fantasias imaginativas, caminha durante manhãs metafísicas inteiras trouxe-mouxe pelas vielas de sua metrópole apressurada procurando rastrear lampejos – mesmo sabendo da invisibilidade dos rastilhos do alumbramento, da cintilação. Seja como for, transita incógnita nos acostamentos do cotidiano – andarilha solipsista: insiste na caligrafia garranchosa do refúgio, sempre transitando sobre linhas quebradas-flexuosas da individualidade. Entanto, nos últimos dias, aquieta-se em casa: pacto velado com as imobilidades. Estática, imóvel, querendo conspirar, inútil, contra o próprio daqui-a-pouco. Tempo todo envolvida nas profundas vísceras da inquietude, nas inóspitas regiões das impossibilidades, entrançada em desencantos nem sempre efêmeros – vítima costumeira das precipitações caóticas dos pressupostos, motivo pelo qual quase tudo sempre se exaure no desconforto. Entanto, acomoda-se na conformidade excluindo a hipótese de ter nascida anterior ao desalento – motivo pelo qual, às vezes, resignante, nossa ontológica personagem não se apega jeito nenhum aos espalhafatos: até seus soluços são silenciosos, abafados pela complacência; quase nunca derrama sobre si mesma o conteúdo inflamável do rancor, este forte ressentimento que dispensa os subterfúgios anódinos da metáfora – espectro solitário solidário. Contam que de noitinha, hora do ângelus, fecha os olhos e afaga êxtases etéreos – transes resplandecentes. Com o passar do tempo afeiçoou-se aos ínfimos, aos diminutos – afagos minguados: carrega dia todo consigo sacola atafulhada de vieses para alimentar os próprios reiterados desapreços: sempre envolvida num ar inflamado pelo desalento – bizarrias atmosféricas: desespero aglomerando-se em torno do desencanto: conhece todos os pormenores do desengano, todas as minúcias do equívoco. Dizem que guarda num porão baú atafulhado de irrealizações: ciladas da incompletude – licantropia sem uivos. Garantem também que ela, nossa ontológica personagem, se aconchega, ponderada, na parte de cá do paroxismo da euforia – motivo pelo qual se recusa a criar estratagemas para se livrar dos constantes alienantes alheamentos, das advertências sutis do desânimo. Entanto, às vezes, esperançosa, manipula com destreza probabilidades de ocorrências promissoras – nem sempre se acostuma com as modestas, ínfimas colheitas das perspectivas aparentando razoabilidade. Modo geral, tempo quase todo ouve seres incorpóreos, de inegável desânimo, zumbindo, ruidosos, ao seu redor – chilros intangíveis, possivelmente aves impregnadas de augúrios danosos.

CAPÍTULO II

Não é por obra do acaso que ela, nossa ontológica personagem, foi, aos poucos, com o passar do tempo, se afeiçoando às perspectivas desgrenhadas, em permanente desalinho – resignação irremediável, inexorável, acostumou-se com esperanças extenuadas envoltas nas sensíveis, às vezes frementes, maioria do tempo enigmáticas tramas do acaso. Seria a tal exigência dionisíaca de aceitar a dor? Dizem que ela, nossa ontológica personagem, fica horas seguidas quieta num canto da casa – sensação de que estuda a anatomia do inimaginável; sempre acocorada, cabisbaixa, possivelmente cavoucando com o olhar o subsolo da transcendência, ou, quem sabe (?), se refugiando nas frias quase insondáveis regiões dos afligimentos – distrito imaginário dos estarrecedores desacertos. Noutras ocasiões, nas tardes calmas, luminosas, gosta de estender renúncias de todos os naipes no varal da apostasia. Entanto, ontem, logo cedo, nossa ontológica personagem foi possuída por pressentimentos ruins arregimentados de tormentos múltiplos: perspectivas favoráveis já exibindo sem disfarce seus abolorecidos – emboscadas do infortúnio impregnadas de devaneios e amargores. É aflitivo para ela olhar, mesmo de soslaio, as insinuações do improvável. Ah, esses amanheceres irreconhecíveis, escassos de surpreendências... Sabe-se que vez em quando se inquieta com aquele ar defensivo de indiferença dos deuses das bem-aventuranças; possibilidades oblíquas desdenhosas –

empreitadas inconsistentes. Maioria do tempo, alheia, vive horas seguidas no arrabalde de si mesma: não quer abdicar da transcendência, este algo metafísico, possivelmente vertiginoso. Contam que semana toda viveu à margem da euforia – voz sempre esmaecida pelo desencanto, esse tecedor de horas canhestras. Desconfiam que considera pitoresco esse seu ofício de arregimentar exasperações. Entanto, hoje cedo, momentos raros, conseguiu se ver inteira, inabalável diante do espelho, ameaçando para si mesma sorrisos supérfluos para burlar desalentos, ruídos – ruínas –, artifícios infundados, risíveis equívocos, conspiração frustrada do acaso exalando ardilosa exaltação. Desconfiam que ela, nossa ontológica personagem, agora refém das deslembranças, se acomoda nas reminiscências parcas: quando lança mão de possíveis recordações, chega, se tanto, ao pórtico de três, quatro ou cinco ontens. Ah, essas inquietudes primitivas da saudade... Maioria das vezes percebe que suas perspectivas favoráveis estão, todas elas, em estado de dissolução – rupturas precipitadas pelo extermínio pressentido do enfatuado niilismo – difícil se livrar da maranha dessas esconsas inquietudes quase sempre dissipando-se no desconforto do desdém. Ah, essas apropriações sinistras do desconforto sempre entranhadas nos compêndios do desalento... Entanto, às vezes, deixando o otimismo transpor as fronteiras do talvez, vê, em acentuado relevo, euforias apinhando-se umas às outras em intermináveis peregrinações em direção à bem-aventurança – amor exasperado às culminâncias. Modo geral, chamuscada pelas chamas da ambivalência, ela, nossa ontológica personagem, sem conseguir rechaçar os incitamentos ziguezagueantes da indecisão, vive predestinada aos titubeios, envolvida num cipoal de dúvidas; sensação de que guarda num baú reticências a cântaros – compêndio de arrepsias. Especulações obscuras vindas de reincidentes lacunas propositais dos tatibitates. Ah, essa espera asfixiante sempre na espreita do inconcebível, ou, talvez, almejando invulgares de todos os feitios... Sabe-se, ao certo, que ela, nossa ontológica personagem, vive nos limites do vazio, imersa na atmosfera sombria do desconsolo – prosternada diante desse oco, cujo nome é carência; sensação de que não precisa, à semelhança de certos guias espirituais orientais, negar o mundo visível: tudo ali naquele seu quarto claustro é invisível – do apego viria a existência. Entanto, cética. Ignora a ascese. Fazendo de seu estrago um monumento – diria Sóror Joana. Muitos, os mais próximos, comentam que ela, depois de andar nos últimos tempos às apalpadelas, sempre envolvida naquela névoa essencialmente peculiar das incertezas, cultivando dúvidas, sem saber como apascentar seu rebanho de hesitações, depois de asfixiar-se numa atmosfera de dúvidas, começou, semana passada, a pôr em prática o ofício de manufaturar evidências, embora, vez em quando, se assuste com o timbre sombrio do vento: sabe que é sempre impossível domar o invisível. Ah, esse solene cortejo do incompreensível e todos os seus inumeráveis-ininteligíveis apetrechos e essas certas intrincadas encruzilhadas dos titubeios e essa canção tímida e secreta e indecisa dos tatibitates e desnorteados e grotescos tartamudos existenciais nos impelindo aos ambíguos juízos sobre nós mesmos... Apesar de viver quase sempre movida pela perplexidade, nunca se obstina no estupefato.

CAPÍTULO III

Desconfiam que ela, nossa ontológica personagem, quando percebe que tudo conspira a seu favor, impõe castigo a si mesma se escondendo nos escaninhos do desfavorável – voos cabisbaixos, ao rés do chão, propositados, sem se espantar com a impotência dos élitros. Desconfiam que ela mesma instiga altos e baixos em sua própria vida para nunca-jamais se acomodar na monotonia das planuras do cotidiano – especulações obscuras vindas de reincidentes lacunas propositais dos tatibitates; outros garantem que nossa ontológica personagem fica manhãs inteiras na varanda contemplando arrependimentos, ou, talvez, cultivando inutilidades – esperando ventania carregar possíveis desassossegos. Ah, essa quietude absoluta, acumuladora de assombrados silêncios, esses emudecimentos atocaiados em estéreis pântanos verbais... Entanto, vizinhos afirmam, com todos os efes e erres, que ela sabe que não se acalantam inquietudes só com o vaivém da cadeira de balanço: é preciso muita destreza estoica para aplacar, no nascedouro, agonias de todas as latitudes. Quando suas manhãs são menos dolosas, menos tépidas, quase nada soturnas, pouquinho afáveis, nossa ontológica personagem lança mão de passos quiméricos para transitar eufórica pelos caminhos prodigiosos da utopia. Vez em quando, rememorativa, memória querendo se acomodar nos remotos, lança olhares vorazes conclamando lonjuras pretéritas. Vez em quando só pertence de viés ao cotidiano. Já não disseram alhures que a existência está em outro lugar? Modo geral vive nas bordas dos acontecimentos – ah, essas instâncias extremas das impossibilidades, essas divindades do desengano que dispensam libações de todos os naipes... São as tais parcas incandescências do provável, essas possibilidades lúdicas do talvez, ocultas fulgurações malogradas que desconcertam expectativas – esperas ocas. Ingênua, às vezes pensa que são apenas tropeços simbólicos entregues às ciladas persuasivas da metáfora. Sensação de que vez em quando tem o olhar prestidigitador: vislumbra o além-do-imediato; noutras ocasiões, contraditória, se acomoda, subserviente, às lembranças raquíticas: pudesse, ficaria lá, tempo todo acocorada no canto das próprias reminiscências: não suporta a prepotência do futuro. Desconfiam que ela viveu meses seguidos sacrificada por pequenos atos, átomos de inconsequências incorrigíveis; agora, de quinze dias para cá, atenta às ominosas manifestações da incongruência, olhar dela, nossa ontológica personagem, evita se entrelaçar no olhar dos deuses das desconformidades. Contam que não é sempre que consegue conter seus anseios utópicos. Entanto, outro dia, descobriram que ela guarda, num cofre, pequeno baú atafulhado de pigmentos preparados para ela mesma pintar, quando bem entender, o amanhã com as cores nítidas da realidade. Amanheceu ontem esperançosa acreditando que poderia, a qualquer momento, ser recepcionada pela bem-aventurança – peripécias imaginárias da ilusão. Entanto, logo ao anoitecer, percebeu que continua sendo, ela mesma, um de seus encantadores equívocos. Ah, essas gesticulações obscenas dos desacertos intrínsecos e essas litanias inócuas sem captar esperança nenhuma... Mesmo vivendo tempo quase todo em situação angustiante diante da possibilidade da morte, vez em quando, pragmática, consegue adestrar o olhar para vislumbrar, um dia, as profundezas místicas dos fogos-fátuos – sabe da ilusória prepotência da perpetuidade e seus dissimulados adereços. Mesmo se apegando demais às desatenções, quase sempre nos subúrbios da sensatez, aprendeu com o tempo a vislumbrar de longe os fulcros do inacabado, as frinchas, as fendas do restrito. Contam que depois de conviver com certezas esquivas, depois de tentar inútil decodificar a insondável linguagem da evidência, agora exercita com razoável talento o ofício de acolher dúvidas – se recusa a instaurar espaço para a veemência do categórico. Ah, esse ritmo brusco obsessivo das intransigentes verdades absolutas... Entanto, sem abrir mão de seu apego às antinomias, nunca se preocupando com suas consequências opostas, imprevisíveis, ela, nossa ontológica personagem, possivelmente se extasiando com as experimentações rítmicas das contradições, é vez em quando surpreendida tentando-querendo, inútil, tatear inconcebíveis com os parcos recursos da sutileza. Ah, essas decepções e seus penhascos com suas penhas elevadas, frustrantes, pontiagudas... Dizem que mesmo nesses tempos de determinações avançadas, seu julgamento pessoal é quase sempre obsoleto, datilográfico, acreditando nas tais-tantas ordens morais duradouras – motivo pelo qual guarda no porão baú atafulhado de pretéritos apartados de recentes décadas. Outros, mais condescendentes, garantem que ela, nossa ontológica personagem, exercita anacronismo lúdico: situando-se num lugar etéreo entre o parnasianismo e o lirismo dos românticos – rosto de Jano deformado impossibilitado de vislumbrar o amanhã.

Pressupostos à parte, pode-se afirmar, sem incorrer em erro: nossa ontológica personagem não é tão alienada como pensam: sabe que o mundo fica a duas quadras daqui. Ah, esses convenientes blefes ataráxicos objetivando rechaçar possíveis abominosas tortuosas altercações de matizes múltiplos...

CAPÍTULO IV

Pessoas próximas afirmam que ela, nos últimos dias, aboliu de suas reações psicológicas a veemência, esse adjetivo atafulhado de impetuosidades – além de invalidar, deixar cair em desuso convicções de todos os naipes: acomodou-se, provisória, no acolhimento do indeterminado para se desprender dos entrançados contundentes-sufocantes do categórico. Sensação de que se refugia prazenteira em seu cipoal de arrepsias não se preocupando em encontrar justificação plausível para tantas reiteradas inações – sempre se esquivando desses arranjos tendenciosos das asseverações. Entanto, sem nunca deixar de se envolver em eflúvios disparatados das contradições, sempre lançando mão de sua irreprimível liberdade às antinomias, hoje amanheceu afirmando com veemência que a vida poderá ser épica; a morte, fatalmente epigramática. Divergências. Sabe-se ao certo que existe pacto velado entre ela e os próprios tatibitates insistentes resfolegantes. Semana passada, mais uma vez insensível às advertências do insólito, se imaginando envolvida nas efluências das façanhas fecundas, ou, tentando se elevar à potência mágica-máxima, ou, tentando-querendo apalpar essas coisas ocultas da inteligência humana, ou, fazendo dela sua solidão, uma fábula subversiva contra o desespero, talvez, ou, não conseguindo se desvencilhar de seus disparates criativos, procurou-tentou inútil criar em seu laboratório abstrato produto químico-sublime, semelhante ao éter, capaz de proporcionar, ato contínuo, ao usuário, impalpável e deslumbrante e surpreendente poder de atrair para si próprio todas as faúlhas-fagulhas do falado e decantado e propalado lampejo. Ah, esses frenesis abstrusos mancomunados com insólitas e bucólicas bizarrias... Sempre arredia, motivo pelo qual vizinhos apenas desconfiam que ela, nossa ontológica personagem, tem vivido nos últimos três dias momentos lutuosos, talvez, envolvida possivelmente nos olores da morbidez do mogno: morte de pessoa querida – quem sabe (?). Desconfianças são procedentes considerando seu recente vestuário sombrio, além de indisfarçável olhar em direção ao vazio – sensação de que conhece todos os instantes da suprema dor. Hipóteses. Tudo muito nebuloso, enigmático na vida de nossa personagem que faz questão de ocultar sua natureza plena e integral: ardis ontológicos. Podemos supor também que ela tem ouvido nos últimos tempos tropel não muito distante dos cavalos das Moiras, essas determinadoras dos nossos destinos. Ah, não deve existir nada mais premonitório do que a velhice, idade madura na qual costuma-se dar adeus definitivo às incandescências, vive-se submisso ao irremediável... Entanto, explorando em benefício próprio as antinomias, costuma afirmar que nunca será turvada pelo desejo do não amanhecer, se abster de viver – motivo pelo qual, segurando talvez as rédeas de si mesma, ainda não foi esquadrinhada na íntegra por essa devoradora de cintilações, artífice do sombrio, escoadora inesgotável do desalento, possuidora do desconcertante triunfo da angústia, cujo nome é melancolia. Mesmo assim, vizinhos garantem que plangências noturnas de nossa ontológica personagem contêm todos os tons da escala cromática da solidão, isolamento abissal que possivelmente não poderá ser classificado sob rubricas convencionais inerentes às costumeiras rotineiras solitudes: náufraga, vivendo à semelhança de Robinson, suburbana – sem nunca contar com ninguém, nem mesmo com suposto-providencial Sexta-Feira para romper essa sua solidariedade primitiva com o silêncio. Agora, aos oitenta e seis anos, consciente de que, daqui a pouco, o sol não sairá outra vez para ela, possivelmente não precisaria mais se preocupar com a plausibilidade do talvez; não precisaria mais se preocupar em decodificar esse som sem sentido dos balbucios dos deuses do destino; não precisaria mais querer tentar farejar com antecedência descomunal uma rua sem saída; não precisaria mais se envolver, se iludir com essas sabedorias apressadas, essas afoitas, alígeras certezas, esses sentimentos despropositados; não precisaria mais tatear, intrépida, as paredes invisíveis do daqui-a--pouco; não precisaria mais se envolver nas instâncias superiores das expectativas preocupando-se com esses toldados-anuviados limites do possível; não precisaria mais lançar mão de queixas entretecidas em lamentos inúteis; possivelmente não precisaria mais se preocupar com perspectivas deterioradas; não precisaria mais viver consonante, ao compasso dos princípios ditos considerados inabaláveis; não precisaria mais se refugiar nos persuasivos fantasiosos entusiasmos de aparência indivisa, simulando completude; possivelmente não precisaria mais se preocupar com suas indigências fraternas; não precisaria mais conviver com as estranhezas intrínsecas inerentes aos próprios perplexos assombros; possivelmente não precisaria mais, estoica, querer compensar a brevidade do próprio tempo tentando, inútil, buscar tempos perdidos; não precisaria mais reunir em torno de si as muitas e múltiplas e inconvenientes mágoas profundas sobrevindas dos ressentidos rancores; não precisaria mais lançar mão dessa duplicidade astuta, oferecida pelas circunstâncias, de ser diversamente a mesma e a outra; não precisaria mais, quem sabe (?), se preocupar em fazer o levantamento topográfico, a prospecção geológica desse seu terreno pantanoso, cujo nome é vida; possivelmente não precisaria mais se preocupar em estancar de vez esse jorro incessante de suas próprias perenes parvoíces imaginosas no interior dele, seu laboratório abstrato; não precisaria mais se incomodar com afagos exíguos do agora, ou com possibilidades plausíveis da indiferença do depois; não precisaria talvez sentir sensação de que sempre deixou próprios prováveis êxitos para as calendas gregas; não precisaria mais conviver com esse sentimento de estranheza diante do inevitável, diante do incompreensível, diante do irrealizável; possivelmente não precisaria mais se inquietar com o exagerado menosprezo dos deuses do desamparo e com essas esquivanças dos indeterminados e supostos e enganosos presumíveis e possivelmente não precisaria mais querer tentar reacender paixões adormecidas; não precisaria mais reprimir o próprio prolongado silêncio com palavras ocas; não precisaria mais se preocupar com o excesso de matéria séptica neles, seus desenganos; não precisaria mais talvez se inquietar com a arquitetura intrincada de seus irremissíveis remorsos; não precisaria mais alterar a verdade em benefício da miragem; poderia, quem sabe (?), transitar serena pelas anódinas veredas da resignação, acolhendo as próprias inúmeras consternações, as próprias muitas inúmeras incongruências; poderia também, talvez, abandonar de vez suas intermitentes ilusões religiosas para deixar o céu, à semelhança de Heine, aos anjos e aos pardais; poderia possivelmente não se preocupar com o desejo de não mais desejar; não precisaria mais se inquietar com aquele tal sentimento, aquela sensação do eterno; poderia, quem sabe (?), lançar mão de querer a todo instante convencer a si mesma com eficácias persuasivas sobre a etimologia da própria existência; não precisaria mais se abalar com essas arbitrariedades, esses estremecimentos sísmicos das tais irracionalidades do acaso; não precisaria mais querer-tentar coagir os deuses do destino, tampouco se apoquentar com essas intricadas questões socráticas, em acentuado relevo saber se antes de nascermos, estávamos já na posse do conhecimento de muitas-diversas realidades; poderia, quem sabe (?), continuar fingindo desprendimento, indiferença às horas e aos dias e aos meses de irremediáveis fastios vivendo mais apegada ao tanto-faz, evitando os tais cerimoniais da reflexão – motivo pelo qual, talvez, vive tempo quase todo à margem de si mesma, como se fosse seu próprio equívoco; não precisaria mais se amargar com ciúmes daqueles que viveram noutros tempos, quando não havia abismos – agora possivelmente saberia que as estrelas já saíram de suas órbitas; não precisa mais, sentada em sua cadeira de balanço, ali no alpendre, esperar outras hierofanias, além do aparecimento poético de Mira-Celi, aquela cuja presença circunda de vigilâncias nossos presumidos orgulhos. Entanto, podemos deduzir que ela, nossa ontológica personagem, quer, entre tantas outras coisas, se acomodar de vez no instável; fazer ouvidos moucos aos corvejamentos desses pássaros anunciadores de impossibilidades; não quer mais se envolver nos anseios, nos questionamentos sobre a imortalidade da alma, mas gostaria, quem sabe (?), de reconhecer-sentir que a fé alcança sim o objeto da inteligência antes da própria inteligência; possivelmente pretende, se possível, lidar, serena, com a inconsistência-inexistência do próprio amanhã; quer, talvez consiga, não mais se preocupar com as inconclusões de todos os feitios, em acentuado relevo com a maior de todas: ela mesma; possivelmente quer, de qualquer jeito, deixar de se preocupar em decodificar esses símbolos todos atafulhados de significados; quer, talvez, de agora em diante, procurar ter plena consciência do restolho obsoleto caruncoso dele, seu próprio tempo; quer procurar-tentar viver alheia aos estremecimentos acolhendo para si abrandamentos; possivelmente gostaria de dar o primeiro passo para fora dos limites da resignação absoluta para que tudo pudesse, quem sabe (?), se diluir na placidez; quer, talvez, condescendente com o mistério, lançar mão do conhecimento intuitivo da gnose e outras especulações místicas, retornando-relendo e se extasiando de novo com os fenômenos prodigiosos e ectoplasmáticos e enigmáticos do genial Swedenborg. Entanto, sempre afeiçoada às antinomias, ainda não se arrebatou em absoluto pelo vazio, motivo pelo qual não aprendeu a se esquivar do medo da morte, esse zombeteiro e mordaz e determinante epigrama fúnebre. Mais uma vez paradoxal, poderia imitar fazendo paródia de Kafka, dizendo que, em teu combate contra a morte, apoia a morte. Ah, esse angustiante inquietante substantivo definitivo que a todo instante suscita temor e ansiedade e certeza absoluta sobre a inescapável finitude... Ah, essas Moiras Mortais e seu pálido pano urdido pelo entrelaçamento dos fios no tear da irreversibilidade... Pessoas próximas afirmam que ela, nos últimos dias, aboliu de suas reações psicológicas a veemência, esse adjetivo atafulhado de impetuosidades – além de invalidar, deixar cair em desuso convicções de todos os naipes: acomodou-se, provisória, no acolhimento do indeterminado para se desprender dos entrançados contundentes-sufocantes do categórico.

CAPÍTULO V

Destituída de traços quixotescos, apesar de ser também uma triste figura (igualmente solteirona por gosto ou por força), ela, nossa ontológica personagem, mesmo se quisesse, não teria os dotes imaginários do Cavaleiro do Impossível: apesar de querer concentrar em si a essência da capacidade prestidigitadora, no laboratório abstrato dela existem mais ventos que moinhos. Pouco importa: não abre mão de sua oficina insubstancial, lugar no qual consegue manejar abstratos com maestria, consegue ver a filigrana do pressuposto impercebível, consegue acrescentar uma centelha e alguns salpicos de surrealismo nela, sua solidão – possivelmente busca no insólito remédio para tantas-inúmeras inquietudes. Dizem que nossa ontológica personagem, ingênua, desde criança vive com objetivo supremo de chegar um dia até o arrabalde da perpetuidade. Entanto, encontrou semana passada no meio do caminho entulho atafulhado de mistérios – remexeu horas seguidas e não encontrou significado em nenhum deles. Ah, o abstruso e suas pantomimas ininteligíveis... Não é por acaso que ela, nossa ontológica personagem, tímida, faz do rubor sua insígnia. Contam que o não-acontecimento reiterado poderia ter sido seu manancial de desesperança – entanto, seduzida pelo randômico, acredita que a qualquer instante algo poderá acontecer nos meandros da surpreendência. Desconfiam que, em muitos momentos, sob os eflúvios do surrealismo, fica horas seguidas se procumbindo diante do incógnito – mesmo assim, apegada às etiologias, caminha manhãs inteiras de mãos dadas com a hipótese, essa inquieta, sufocante cumplicidade com os pressupostos. Às vezes consigna tudo ao esquecimento – refém dessa audaciosa veemência do oblívio. Sempre surpreendente, memória dela, nossa ontológica personagem, adquiriu hoje de repente o dom de recoser *antes* abandonados nos porões dos *anteriores* quase-inatingíveis – ah, essas rememorações e suas pantomimas arcaicas... Incansável em sua tarefa de nos apanhar de surpresa, viu semana passada aparição simultânea de duas sombras na parede – desconfia que são espectros da ambivalência. Ah, essas costumeiras desarrumações mentais... Impaciente com o agora, tem exercido esotérico ofício de adestrar posteriores. Vida toda sob luzes tênues, indecisas, ela, nossa ontológica personagem, colecionadora de tatibitates, sempre se esquivando dos encargos persuasivos da certeza, vai deixar de herança para parentes próximos baú atafulhado de dúvidas – sempre viveu à margem desse espetáculo difuso das certezas absolutas. Ah, essas grutas obscuras da indecisão, deusa dúbia dos indeterminados. Embora propensa aos tropeços, não se acostuma com a indiferença frívola dos desenganos, com as incansáveis persuasões do funesto desencanto: entrançadora de enigmas, acredita ser possível se refugiar vez em quando no inalcançável, cujo objetivo seria talvez inventariar incognoscíveis – empreitada abstrata que sempre se perde no vazio, mesmo impregnada de enigmáticas expectativas. Promessas carunchosas, desbotadas, talvez. Como ela mesma costuma dizer, seriam aqueles tais invisíveis acocorados ali no canto carentes de apalpamentos. Apesar dos pesares, desconfiam que amanheceu com nítida sensação de que poderá, a qualquer momento, aspirar os bem-aventurados fluidos aromáticos das possibilidades – motivo pelo qual acreditam que vai abrir mão por enquanto dos regateios diante das incertezas, esses acumulados paroxismos de hesitações; deixar de viver por algum tempo nesses compartimentos abafados das ambiguidades. Entanto, como costuma afirmar, peremptória, possivelmente se referindo a ela mesma, certos seres chuvosos não facilitam a própria estiagem – irresponsabilidade, impertinência pluviométrica.

CAPÍTULO VI

Desconfiam que nos últimos tempos vive exaurida diante dos próprios tatibitates, dessa procissão dos que prestam fidelidade às tartamudezes – motivo pelo qual pretende morar, num momento oportuno, nas cercanias do absoluto, a poucas quadras do imperioso, do categórico. Ah, essa eterna dependência do ambíguo-ambivalente talvez... Sabemos que ela, nossa ontológica personagem, gosta, vez em quando, de caminhar horas seguidas para catalogar distâncias, inventariar longínquos – hoje cedo saiu apressada esquecendo na gaveta tufos de estratagemas: sentiu-se vulnerável vendo seus bolsos vazios-despossuídos de astúcias; dizem que gosta de parar entre uma esquina e outra e olhar para o céu, sussurrando: *Inexorável, inexorável...* Garantem também que ela cultiva nostalgias apegando-se ao plantio de evocações: plangências mnemônicas – pensamentos voltados para pretéritos distantes: ventanias arcaicas carregando folhas obsoletas. Ah, esse desdém definitivo dos outroras, essa insuportável peremptoriedade do nunca-mais... Desconfiam que ela, quando lança mão do sonambulismo, consegue apalpar esplendores – resplandecência notívaga. Entanto, há semanas dentro das quais os dias se esfarelam dentro do ressequido niilismo de nossa ontológica personagem – motivo pelo qual, talvez, probabilidades têm sido cada vez mais diminutas, entorpecidas pelo inexequível: baixo teor de proteínas delas, suas expectativas. Contam que nos últimos dias adquiriu o hábito de arregimentar estigmas próprios – fúria impotente das desavenças íntimas, das dissenções com os individuais intrínsecos. Não foi por obra do acaso que hoje à noite, numa daquelas horas atulhadas de reflexões, concluiu que sua vida carece de ênfases – insídias dos desígnios. Vizinhos coscuvilheiros garantem que ela, nossa ontológica personagem, tem vivido dias inóspitos, borrifando desalentos, espargindo tédios, e ventos contrários desgrenhando perspectivas de aparências benfazejas – semanas hostis, mornas, se perdendo nos arilhos do improfícuo. Estorvo e seu trote miúdo, convicto de que nunca fará nenhum ajuste com o logo-ali-adiante. Desânimo circunscrito aos próprios balbucios incompreensíveis, corrompendo o desejo. Sensação de que vive meses seguidos de manhãs nuviosas esperando inútil dias diáfanos. Momentos todos iguais, nunca transgredindo a sintaxe da monotonia cotidiana – horas atafulhadas de sombras. Entanto, sabemos que mais cedo mais tarde, num amanhecer improvisado, afastando obstáculos obtusos e seus inconvenientes apetrechos, ela conseguirá criar, para consumo próprio, moinho malabarista capaz de manipular com destreza ventos contrários. Se nada tens para dar-me, dá-me tudo o que te falta – diria aquele vanguardista espanhol. Por enquanto, privilegia abstraimentos para romper obstáculos e fronteiras do desassossego, abandonar-se no aconchego estreito do intervalo – delicada tessitura da espreita. Ah, essas vulnerabilidades desviando os caminhos do irrefutável, esses tropéis se frustrando com as indecisões dos galopes... Sabem, ao certo, que ela, nossa ontológica personagem, adepta da tese platônica, segunda a qual o conhecimento existe em nós antes de a coisa ser percebida, ainda não implodiu os porões das probabilidades: costuma dizer que suas esperanças não são pandorgas desguarnecidas de vento – mesmo assim, não consegue ficar indiferente, não ser ungida pela perplexidade, apesar de saber que perspectivas favoráveis em muitos momentos praticam recuos estratégicos – nessas raras oportunidades rende ampla-total-irrestrita homenagem à quietude, prende, amordaça o ruído no subsolo do silêncio, e, se por acaso vir entrando de súbito pela fresta da janela silhueta do presságio, contornos assustadores dos pressentimentos funestos, possivelmente, cética, conduzirá ato contínuo seu olhar para os oblíquos caminhos da esguelha. Entanto, há quem diga que ela, nossa ontológica personagem, anda um tanto deprimida – motivo pelo qual teria se exilado alhures, possivelmente na Ilha dos Recônditos. Vizinhos mais perspicazes garantem que ela vive nos escaninhos do sub-reptício, acalentando a introspecção; outros, habituados aos absurdos, garantem que ela foi morar por algum tempo na edícula dos insondáveis. Não é fácil para ninguém, menos ainda para nossa ontológica personagem, estabelecer as propriedades das figuras geométricas do desatino, desfazer essa intrincada trama dos descompassos da razão – adestrar enigmáticos provoca ânsia febril. Entanto, seu olhar matreiro manifesta perspicácia, insinua que ela possivelmente sabe o quanto é preciso de argúcia para atingir o paroxismo da astúcia; não é por obra do acaso que não ignora jeito nenhum que vivemos tempo contínuo no qual eventos se sucedem – mesmo assim, vivendo no deslumbramento das próprias abstrusas invencionices, gosta de ficar em seu laboratório abstrato afagando instantes de aparência prodigiosa, tentando criar para consumo próprio períodos prístinos. Dizem que ela ainda vive predisposta a frustrar acontecimentos casuais, esses que sempre transformam ela mesma em penduricalhos do destino, apesar de vez em quando ter experiências extáticas saindo de si – não ascendendo ao divino, transcendendo, mas sendo possuída por irritabilidade suprema.

CAPÍTULO VII

Nos últimos tempos, alheada, espectadora inativa do cotidiano, desconfia que não vive semanas inteiras: quando olha para trás, atentiva, vê apenas um compêndio de mês. Entanto, não cultiva exasperações: ainda não foi devorada pelo desconsolo absoluto, consegue viver nos hiatos, se aconchegar nas lacunas olhando tudo sob o prisma da ataraxia, ou, ficar acocorada-imóvel no porão do tempo, estacionada no presente para, quem sabe (?), reduzir a zero todas as probabilidades desairosas, mesmo desconfiando que dentro desse bornal de estáticos há um amontoado de hesitações e incertezas e muito medo. Ah, esses exercícios de quietude mística e seus afluentes excêntricos... Nossa ontológica personagem consegue criar para consumo próprio, em seu laboratório abstrato (lugar no qual procura apalpar coisas inacessíveis à razão), dezenas-centenas de dias ambíguos. Ah, esse arsenal mágico com pretensões inimagináveis e suas delirantes prestidigitações... Especializou-se em afagar abstrações para estancar, arrefecer urgências. Cultivadora de espreitas puídas-poluídas, faz do remorso caleidoscópio de prolongados tatibitates – mesmo sabendo da inutilidade de (nesses labirintos kafkianos) esperar ajuda de extemporânea Ariadne. Entanto, ela, nossa ontológica personagem, está sempre no encalço da perspectiva favorável – apesar das prestidigitações do adverso, e deles, dias esguelhados demais, transcendendo o oblíquo. Contam que desde semana passada fica dia todo trancada nele, seu laboratório abstrato, estudando implacáveis mecanismos do acaso e seus apetrechos fortuitos – passatempo que desqualifica a inutilidade do simulacro: jeito lúdico que encontra para remanejar a realidade. Entre um hiato e outro, acomoda-se no porão de si mesma tentando, inútil, apalpar plenitudes. Apesar dos pesares, nunca desdenha o não-acontecido: desconfia que tal fenômeno, ainda inexistente, talvez esteja atocaiado na extremidade da surpreendência. Entanto, ainda não consegue dominar de vez investidas múltiplas dessa implacável tropa dos inevitáveis. Contam que na maioria das vezes é muito teimosa – motivo pelo qual deixa suas opiniões enclausuradas no subsolo da caturrice. Vizinhos coscuvilheiros afirmam que ela, nossa ontológica personagem, mais uma vez inventando estratégias para ampliar limites permitidos pela solidão, está quase conseguindo criar em seu laboratório abstrato substância artificial capaz de debelar adversidades – meses atrás inventou símbolo gráfico indicativo para ajudá-la a seguir os próprios instintos: cansou de caminhar manhãs inteiras de mãos dadas com a hipótese, essa disponibilidade dedutiva, contígua às conjecturas – corredores estreitos do provável. Sabe-se que ela, às vezes, resignante, se curva aos mandamentos supremos das invariabilidades cotidianas, dos dias se arrastando na monotonia – ah, essas horas pachorrentas, ínfimas, carentes de magnitudes, querendo se aconchegar a todo custo no colo da indolência... Entanto, nos momentos adversos, contrário à sua própria natureza heterodoxa, amanhece exultante repreendendo possíveis acabrunhamentos com seu olhar propenso aos resultados positivos. Ah, esses procedimentos incoerentes aparelhando todas as vertentes da inconformidade...

Pessoas mais próximas garantem que ela, nossa ontológica personagem, engenhosa, fica às vezes horas seguidas em seu laboratório abstrato querendo-tentando criar relho incognoscível capaz de adestrar impresumíveis. Outros, mais ímpios, dizem que ela poderia, sim, fazer tudo isso se adquirisse o dom da existência. Ah, essas divergências que transcendem experiências sensíveis, que dignificam ainda mais as leis constitutivas da razão – codinome, Metafísica. Sabemos ao certo que ela, nossa ontológica personagem, quando amanhece muito pessimista, acredita que não há mais lua nem lobo – apenas uivos. Entanto, ontem, dia todo, ingênua, pensou que havia amanhecido predestinada às culminâncias; que a sorte se obstinava em favorecer suas andanças em direção ao êxito – nítida sensação de que começava a aspirar os bem-aventurados ares das probabilidades. Mais uma vez iludida por aquela tal força que quer apenas seu querer. Outro dia, caminhando trouxe-mouxe pelas ruas de sua metrópole apressurada, pensou que poderia, a qualquer momento, pressentir os incógnitos, os imprevisíveis, com seu olfato metafísico, transcendente; que poderia, de repente, farejar as voluptuosidades do eventual. Entanto, mais uma vez contraditória, foi possuída por aquele esquecimento do ser, de que nos falou Heidegger, e ficou, por alguns desesperados segundos, tentando adquirir outra vez o dom da existência – conseguiu. Embora continue sendo joguete docilmente subserviente das próprias antinomias. Dia quase todo tragada pela voragem do desencanto; não suportando mais viver na dependência do improvável – refém do hipotético, tempo todo sob a preponderância das invisíveis transmutações do acaso e com o escárnio do inacessível. Ah, essas metamorfoses prestidigitadoras, muitas vezes insípidas, quase sempre aterradoras, da ilusão, e essas buscas inúteis intempestivas procurando o arredio e estreito caminho do alvissareiro... Entanto, noite chegando, quando já estava quase se acostumando com os solavancos do imprevisível e com a insaciável abastança do descaso do acaso, ela, nossa ontológica personagem, viu, de súbito, pela janela, entre uma estrela e outra, a silhueta da resplandecência, figura etérea que ela acreditou, convicta, ser um anjo cultivador de probabilidades. Noutras ocasiões, dizem que ela vive semanas seguidas orgulhosa do próprio eu, apesar de algumas tardes, apegada às antinomias, debaixo de nuvens autocomiserativas, pensar em fugir para a ilha dos lotófagos, e, ao contrário do herói grego, comer as tais flores do esquecimento e nunca mais voltar para ela mesma. Suposições. Seria aquele desespero kierkegaardiano de não poder libertar-se do seu eu? Será que vez em quando ela desconfia que sua existência seja abstrata, imaginária – metáfora da própria sombra? Entanto, ato contínuo, possivelmente descubra que é um ser tangível, tátil, ponderável, apesar de suas muitas inúmeras inconsistências? Sabe-se, ao certo, que nossa ontológica personagem, ontem à noite, trancou a sete chaves seu laboratório abstrato rechaçando invencionices de todos os naipes: prendeu seus dotes inventivos-metafísicos no sótão dos intangíveis. Ah, essas atitudes repentinas de ordem prática e seus apetrechos atulhados de ímpetos pragmáticos... Entanto, devotada às antinomias, hoje cedo, trazendo de volta suas propensões imaginosas, começou a elaborar em sua oficina subjetiva trincheira com profundidade suficiente para se defender dos obuses do acaso.

CAPÍTULO VIII

Poderíamos deduzir que ela, quase nonagenária, mesmo submetida ao arbítrio do desconsolo e às estripulias das deusas dos afagos, mesmo considerando que o tempo já teria revogado ímpetos e ênfases e arrebatamentos de todas as conformações, ela, nossa ontológica personagem, não precisaria mais praticar esse exercício espiritual da esperança; não precisaria mais querer-tentar desentrançar esse fio condutor transformador da corrente angustiosa das conquistas e sua multidão de formas capturadoras; não precisaria mais querer dispensar, inútil, as contingências, tampouco querer trilhar os etéreos caminhos da utopia; não precisaria mais lançar mão daquele olhar desdenhoso da zelotipia; não precisaria mais dar movimento rítmico, dotado de altivez, aos próprios passos em direção ao promissor; não precisaria mais querer examinar, igualmente inútil, as insígnias, os emblemas do abstruso, nem mesmo querer decodificar as intencionalidades difusas do talvez; não precisaria mais possivelmente se inquietar com essas muitas-múltiplas particularidades da consciência, nem mesmo querer saber sobre a verdade e as primeiras origens das coisas que nosso espírito não alcançaria, talvez; não precisaria mais, quem sabe (?), viver tempo quase todo à beira desses tais abismos entre intenção e realização: encontrar aquela sonhada flor de Coleridge em sua mão ao sair do próprio sono; poderia possivelmente fazer ouvidos de mercador aos oráculos de todas as latitudes; não precisaria mais lançar mão de expiações e cerimônias purificadoras de todos os feitios; poderia concluir de vez que o tempo dela, nossa ontológica personagem, é diminuto demais para eliminar maioria de suas imperfeições; poderia também abrir mão desse desejo obsessivo de querer tentar desvendar o mágico e perigoso mistério do post-mortem; não precisaria mais, quem sabe (?), viver nessa gangorra antinômica entre os dialéticos e os místicos, ou, entre os filósofos e os teólogos; não precisaria mais viver tempo quase todo refém da intromissão dos pressupostos; poderia possivelmente deixar de pensar noutros tempos, concluindo que esses noutros tempos também são abstratos, semelhantes ao seu laboratório igualmente distante da realidade sensível; não precisaria mais se inquietar com sua irremediável subjetividade; poderia deixar de lado sua curiosidade transcendental querendo saber, entre tantos outros mistérios, quem inaugurou o tempo; poderia também talvez, agora, aos quase noventa anos, parar de viver pensando que daqui a pouco vai parar de viver – sim, poderia dizer nossa ontológica personagem, seguindo os caminhos de Montaigne: inútil aprender a morrer: a natureza encarrega-se disso à nossa revelia; poderia possivelmente trancar de vez no porão escuro da memória angústias e vicissitudes pretéritas de todas as latitudes, e poderia também deixar de querer tentar inútil conferir nobreza à própria solidão; não precisaria mais angariar precípuos de todos os feitios – menos ainda se preocupar com essa invasão dissimulada e impiedosa do desencanto; poderia reconhecer, quem sabe (?), que não tem mais no subsolo da própria alma aquela faísca do fogo celeste de Prometeu, apesar de ainda viver acorrentada em seu próprio tédio; não precisaria mais talvez lançar mão de movimentos repentinos, precipitados, mostrando sujeição servil aos ímpetos de têmperas múltiplas; poderia possivelmente deixar, condescendente consigo mesma, os olhos enevoados diante dos muitos-diversos abatimentos da consciência justificados pelas inúmeras-diversificadas imprudências, mesmo sabendo que ninguém escapará do açoite; poderia também, a poucas quadras dele, seu ocaso, desaprender o mal, à semelhança de Antístenes; não precisaria mais deixar crescer de importância fazendo ouvidos moucos aos cantos enigmáticos dessa esfinge, cujo nome é Amanhã, preparando-se serena para chegar no país do Invisível; poderia, quem sabe (?), se acostumar com suas muitas variadas infindáveis inexperiências; não precisaria mais talvez se preocupar com esses costumeiros reiterados pensamentos inconclusos, vítimas das efluências do irresolvível; poderia possivelmente deixar, agora, aos quase noventa anos, que esses preceitos desdenhosos do tanto-faz ocupem lugar de alto relevo; poderia também, a partir de agora, chegar, se tanto, até o alpendre para acalentar desatenções, e abolir de vez suas caminhadas trouxe-mouxe, despropositadas; ou, não precisaria possivelmente abrir mão de suas andanças, quase sempre absortas, sem querer transformar vielas e ruas e avenidas em caminhos para Damasco; poderia tentar, pela última vez, decodificar, ou eliminar essas suas obsessivas e impetuosas intolerâncias tempo todo atocaiadas nos escaninhos da intransigência; poderia, quem sabe (?), resignante, abrir mão de suas aflições influenciadas por esses momentos obliterantes que consignam tudo ao esquecimento; poderia também, e teria tudo para conseguir, abrir mão dos (muitas vezes desordenados e quase sempre insólitos) arrebatamentos; podemos supor, sem medo de errar, que, mesmo olhando aqui destas distantes, coscuvilheiras páginas, que ela, nossa ontológica personagem, não conseguiria desfazer de vez esses seus congênitos entrançadores de irresolutos, cujo nome é tatibitate, e abrir mão, a partir de agora, de certo e dissimulado e infértil orgulho, desfazendo seu olhar abstruso diante da crueza dos dias nublados enevoados de solidão; poderia possivelmente lançar mão do abstraimento para abolir controvérsias com os outros, em acentuado relevo com ela mesma, acomodando-se no estoico amor fati, vivendo, agora, quase nonagenária, resignante, entre o não mais e o ainda não; ou, quem sabe (?), deixar de considerar a si mesma, à semelhança de Schulz, uma criatura no exílio, excluída, vivendo sempre pelas beiras, como animal ferido, sabendo da impossibilidade de mudar a fisionomia taciturna do destino; poderia possivelmente vez em quando olhar de soslaio, simular disfarce diante de encontros fortuitos entre ela, nossa ontológica personagem, e o desalento, evitando inclusive olhares enraivecidos diante dos reiterados flertes do desengano; não precisaria mais se inquietar com suposta esperança que se dissipa a priori no não-lugar, concluindo de uma vez por todas que para conseguir alguma coisa, é preciso sacrificar outra coisa – motivo pelo qual se contentaria em ficar, vez em quando, recostada em sua cadeira de balanço, naquele alpendre, distraindo-se de si mesma, ou, se embalando também com os versos rutilantes do criador de Mira-Celi, aquela cujo Império contém milhares de reinos, ou, ficando mais tempo ali, distante de tudo-todos, à semelhança dos sobreviventes do grande sertão roseano: arredada do arrocho de autoridade; poderia também, quem sabe (?), a partir de agora, aos quase noventa, deixar virado para a parede aquele espelho lá no quarto – para possivelmente se desacostumar de seu rosto rugoso; não precisaria mais sentir-se tomada de amargura com essa sua vida monótona, dentro da qual não há espaço nem mesmo para hipóteses, conjecturas de qualquer natureza; não precisaria mais querer, inútil, fazer reconhecimento, rastrear, seguir as pegadas geométricas da própria solidão, ou, querer, quem sabe (?), estudar a volumetria, a dimensão moral da própria consciência; não precisaria mais talvez se inquietar escarnando escavando a todo instante todos os fragmentos, todas as minúcias do desconforto cotidiano, concluindo, agora, mais do que nunca, aos quase noventa, à semelhança de Akhmátova, que viver é apenas um pequeno hábito; poderia possivelmente aprender a olhar de viés as hipóteses, olhar de soslaio presságios de todas as compleições; não precisaria mais lançar mão de suas observações microscópicas sobre os próprios desencantos; poderia concluir de vez que seus cotidianos foram se transformando, aos poucos, em figuras de linguagens: metáforas sinestésicas; não precisaria abrir mão, jamais, de seus momentos sublimes recostada em sua cadeira de balanço, ali, naquele alpendre, ouvindo uma vez mais Billie Holiday, lendo outra vez Bruno Schulz; poderia talvez olhar de soslaio, nutrir suspeitas, andar às apalpadelas em direção às supostas, próprias convicções de todos os ritos, quilates e têmperas; poderia possivelmente, agora, aos quase noventa, contida-comedida, não mais ver as casualidades, os fluxos-

-refluxos da própria sorte, semelhante àqueles que fazem apontamentos apressados sobre fortuitos múltiplos, vazados em moldes diferentes; não precisaria mais se atormentar com essas suas próprias horas lerdas, com esses seus inerentes dias destituídos de finalidade; poderia também, quem sabe (?), deixar de se apoquentar com suas peculiaridades comportamentais atafulhadas de penduricalhos idiossincráticos, e amordaçar de vez talvez os próprios instintos tirânicos; não precisaria mais conviver com esperanças tardias, tendo sempre a sensação de que é contemporânea dos primeiros tempos da exasperação; não precisaria mais recorrer à linguagem figurada das parábolas para engranzular, ela mesma, com suas reiteradas negações e arrependimentos; não precisaria mais talvez viver tempo quase todo subserviente ao éthos da espreita; não precisaria mais querer-tentar saber em nome de que, de quem, se instalaram as atrocidades e as paixões; poderia possivelmente começar a olhar de viés (dissimulando estoicismo) o inacessível e seus impérvios apetrechos, concluindo que não restará para ela vergôntea alguma daquele tronco dos alcançáveis; não precisaria mais, quem sabe (?), deixar que o desconsolo modelasse seu destino; não precisaria mais querer-tentar inútil decodificar, entrar nos meandros sagazes da perspicácia. Entanto, sabemos ao certo que ela, nossa ontológica personagem, hoje logo cedo, querendo traçar as fronteiras entre o provável e o impossível, arrastada pelo rio de delírios, querendo mais uma vez abrir as eclusas do devaneio quixotesco, acreditando também que a imaginação é o dom mais elevado do ser humano, entrou em seu laboratório abstrato tentando-querendo, inútil, criar substância elástica e impermeável capaz de apagar num átimo todas as palavras existentes no vocabulário humano – menos uma: pantomima. Ah, essas empreitadas temerárias decisivas do silêncio apelando para a carga metafórica dos meneios – gestos afugentadores das faíscas verbais... Ah, esses reincidentes prolongados incógnitos e seus apetrechos de matizes furtivos... Dizem que ela, nossa ontológica personagem, vive agora, tempo quase todo, nos recôncavos das regiões isoladas da reiterada infindável taciturnidade; que não abre mão de sua ascendência sobre o retraimento – dias seguidos encerrada num mutismo abissal, deixando talvez esmorecimento assumir soberania, ou, quem sabe (?), deixando que seu envelhecimento sirva aos intentos do estoicismo, ou, tecendo colchas de retalhos de evocações, ou, isolada num canto qualquer de sua casa: perdeu possivelmente vontade de espiar cotidianos? Hipóteses. Desconfiam que vive dias em desalinho – indícios cada vez mais evidentes do desconforto de viver. Entanto, sempre vivendo nas imediações das antinomias, foi vista agora há pouco andando trouxe-mouxe, itinerários informes, pelas calçadas do quarteirão conversando consigo mesma, às vezes rindo, fazendo escárnio talvez de seus anômalos e grotescos monólogos interiores, possivelmente negando a si mesma tempo todo para criar diálogo com uma outra ela mesma – contendas solipsistas; seria como a imagem daquele Grifo dantesco que se transforma tempo todo sem deixar de ser ela mesma? Solidão com entonações e timbres particulares atafulhados de alternados insistentes solilóquios metafóricos com tendências abstratas. Certo é que nossa ontológica personagem vez em quando surpreende seus vizinhos andejando lançando mão de peripatetismo egoísta, ensinando estultices para si mesma; caminhando para tentar, inútil, talvez, burlar predestinações; andejar para não doidejar; caminhar para possivelmente amoldar seu jeito taciturno, plasmar estiagem do rio, entalhar seus estremecimentos, desbastar rudeza delas, suas expectativas – ou, possivelmente, para pisar distraída nos adjetivos encontrados pela frente, ou, para acertar de vez seus passos quase sempre reflexivos procurando talvez sentido abrangente do próprio ser – passos ontológicos. Sabe-se ao certo que ela, nossa ontológica personagem, conforme já dissemos, em suas andanças pelas ruas e vielas de sua metrópole apressurada, nunca foi possuída por nenhuma experiência extática, nunca viu nenhuma placa indicativa, revelando: DAMASCO.

CAPÍTULO IX

Desconfiamos que ela, quase nonagenária, cuja expectativa agora, mais do que nunca, perdeu toda a sua suposta consistência, caminha pensando na dantesca certeza de que daqui a pouco as portas de seu futuro serão fechadas pelas implacáveis irrefutáveis Moiras. Ah, essas vertiginosas manifestações atafulhadas de fatalismo dessas deusas donas do destino... Sabe-se que ela, nossa ontológica personagem, evita passos trêfegos que geram equívocos – interlocutora das próprias palavras. Difícil decodificar relação sutil, complexa, entre ela e a solitude, entre ela e os meandros dos incógnitos e seus aprestos enigmáticos – jeito seria se contentar com o significado etimológico desses vocábulos misteriosos? Ah, esse silêncio angustiado que poderia implorar clangor se soubesse o significado de tal adjetivo... Entanto, vez em quando, prescindindo da palavra completa, emite balbucios ininteligíveis, rebelião instintiva dos indecifráveis. Possivelmente lança mão dos murmúrios desordenados para desarrumar, tirar dos gonzos a contextura perceptível da própria solidão. Hipótese. Sabe-se com certeza que ela, nossa ontológica personagem, flutua à deriva, caminha trouxe-mouxe pelos dias que antecedem, se mostram no limiar, propínquos ao arremate fatal, talvez. Ah, esses julgamentos por intuição, essas ilações pressentindo abreviando decisões definitivas dessas fiandeiras que cortam o fio de nossas vidas... Vizinhos garantem que ela espera, estoica, chegada dessas Parcas pragmáticas. Entanto, entranhando-se nas contradições, vez em quando se sente entorpecida de medo dessa entidade que engendra zás-trás o desfecho fatal – mesmo sabendo, tendo consciência de que faltou a ela, nossa ontológica personagem, astúcia para o arranjamento longevo. Sabe-se que nos últimos dias tem feito de sua casa seu eremitério – apesar de ela mesma ser desprovida de beatitude: suas inclinações extemporâneas de aparência esotérica são koans que ninguém consegue resolver. Também sua vida contemplativa sempre foi atafulhada de tatibitates: nunca entendeu direito a relação entre providência e destino, menos ainda estrutura metafísica dos seres. Às vezes, adere aos ensinamentos da fé; entanto, maioria do tempo, acredita que essa primeira das três virtudes teologais deve submeter-se à razão, mesmo desconfiando que muita coisa escapa a nossos sentidos e a nosso entendimento *por causa da excelência da sua natureza*. Mesmo assim, não se ajusta aos dogmas lineares, irredutíveis. Sabe-se, ao certo, que ela, nossa ontológica personagem, não se preocupa em viver impermeável as vicissitudes ortodoxas – motivo pelo qual está sempre vulnerável a esses vertiginosos e contraditórios tatibitates teológicos. Ah, esses valores religiosos e suas inflexíveis e irredutíveis autossuficiências... Crer ou não crer? Oscilando entre os dois extremos, ela, às vezes, caminha pela estrada da convicção; noutras ocasiões, pela outra rodovia, a da descrença – maioria do tempo segue caminho lançando mão do acostamento – espaço livre, à margem, receptivo às andanças profanas e sagradas e sublimes e obscenas. Desconfiam que mesmo em seus momentos de descrença absoluta, seria capaz de entrar na Capela Sistina para dizer súplicas religiosas a Michelangelo.

Contam que agora, neste exato momento, mesmo não tendo a imaginação utópica de Coleridge, entrou em seu laboratório abstrato querendo-tentando criar, inútil, sistema imunológico capaz de defender todo o planeta de várias doenças fatais, entre tantas aquela que provocaria o extermínio brutal definitivo da possível futura existência de uma sociedade totalmente livre e absolutamente igualitária. Ah, esses confins inconceptos da utopia e seus apetrechos que também transitam fora dos limites da possibilidade... Moradores mais próximos desconfiam que seria preciso recorrer aos dotes decifradores de Champollion moderno qualquer para decifrar as convicções morais e filosóficas e religiosas de sua ontológica vizinha. Seria provável imaginar que ela não transformaria à semelhança de Shelley, seu possível ateísmo numa possível religião. Certeza, uma só: sua reiterada implacável solidão é desumana, cruel: lacuna ímpia – espaço vazio no qual ela, nossa ontológica personagem, desce até os últimos limites do desconsolo. Entanto, aliada às antinomias, nem sempre pensa em se precipitar no abismo do desespero: guarda em seu laboratório abstrato poção razoável de éter-estoico. Ah, esses fluidos imateriais hipotéticos facilitando a real aceitação resignada do destino... Sensação de que sua vida é também um rosário de metáforas abusivas. Mesmo recorrendo vez em quando, etérea, ao estoicismo, fraternal às antinomias, cansada de submeter-se ao signo do tédio, de ser hipnotizada pelo desalento, farta do peculiar, impossibilitada de descoser os laços da apatia, concluindo que suas perdas foram sinfônicas; seus ganhos, camerísticos, não abre mão de suas alternadas turbulências internas, seus frêmitos atafulhados de inquietudes – destroçada pela pluralidade de ausências, ou, quem sabe (?), ainda não conseguiu arranjar destreza para reprimir próprios rancores. Pode-se afirmar, com certeza, que ela, nossa ontológica personagem, quase nonagenária, relegada ao abandono no epílogo da vida, não se capacitou para o desdém absoluto – motivo pelo qual seu éter-estoico nem sempre consegue sublimar perplexidades, entorpecer os obuses implacáveis da desesperança, reduzir as possibilidades do impossível – cultivar perdas é empresa árdua, árida. Apesar de ainda não se livrar de vez do descontentamento, da sensatez vez em quando sair dos trilhos, de vida toda erguer esperança em terreno minado, de viver carente de carícias, em muitos momentos sentindo-se no arrabalde de si mesma, podemos reiterar, cantar sempre a mesma cantiga dizendo que ela nunca sucumbiu ao peso da melancolia e sua fiel criadagem. Sempre a favor da extinção dos alaridos, das algazarras, dos ruídos estrondosos, motivo pelo qual vez em quando rende-se à nobreza do silêncio. Entanto, useira vezeira em lançar mão dos desconformes, e reverente às palavras sonoras, nossa ontológica personagem espera que o substantivo *estrépito* nunca caia em desuso. Às vezes guarda melhor oportunidade para abrir janelas evitando ouvir supostos incertos rumores do vento, além de possíveis impetuosos rumorejares pluviométricos – conhece as sinuosidades do percurso em direção ao pórtico do estio. Sempre reverente aos próprios titubeios, ao seu caudal de tatibitates – motivo pelo qual vive tempo todo à margem do convicto. Contam que vez em quando surgem em seu caminho perspectivas favoráveis esvaziando aos poucos a aljava do desencanto de aparência imperecível – surpreendências favoráveis do efêmero. Nossa ontológica personagem não se assusta mais com sua progressiva amnésia, com as emboscadas do esquecimento: sente-se altiva deixando o próprio passado incólume – memória se apegando ao oblívio. Entanto, tempos atrás esquadrinhou quantidade exagerada de antepassados, descobrindo que sua árvore genealógica carece de ramagens viçosas. Sabe-se que nos últimos dias tem evitado tudo que possa caracterizar um fato: procura-tenta a todo custo não viver consoantes às circunstâncias – pacto velado-escrupuloso entre ela e o acaso. Desconfiam que está agora em seu laboratório abstrato tentando-procurando criar fluido imaterial hipotético com suposto nome de planura – para colocar em equilíbrio, nivelar possíveis-prováveis ondulações irregulares do cotidiano. Vez em quando olha tudo de soslaio para se abster dos assombros. Entanto, maioria das vezes, abstraída, nossa ontológica personagem fica manhãs inteiras ignorando a orbe de si mesma – disposição inata para postergar âmbitos. Dizem que agora há pouco resolveu transferir seu laboratório abstrato para cômodo superior: no sótão suas ideias não resplandeciam. Ontem, num desses momentos atulhados de reflexões, concluiu que sua vida carece de ênfases. Mesmo assim, acredita que vai encontrar a qualquer momento, numa loja de invencionices abstrusas, aparelho capaz de sugar emaranhados existenciais – enquanto isso, elabora para si mesma abstrações inoxidáveis, mesmo sabendo que existem dias nos quais má-fé prolifera, procria infinidade de intenções dolosas – sensação de que às vezes silhueta da bem-aventurança fica do outro lado da rua, rindo às escâncaras de certas ingênuas expectativas ontológicas. Deverá haver resplandecências alhures. Ah, essas falas oblíquas, esses rumores atabalhoados, inaudíveis dos ardis... Contam que ela, depois de muito esforço metafísico, depois de se desembocar amiúde no beco sem saída do incognoscível, aprendeu a rastrear a geografia do insólito. Quase sempre equivocada, tempo quase todo chamuscada pelas chamas da ambivalência, ainda não sabe apascentar seu rebanho de imprecisões. Entanto, não se surpreende mais com as precariedades abruptas, sempre orbitando, seguindo trajetória ao redor dela, nossa ambígua ontológica personagem – desconfiam que se acostumou com acasos se desavindo prematuros, atafulhando seu catálogo de irrealizações, motivo pelo qual já não causa mais perplexidade nela mesma com os próprios dissabores existenciais. Às vezes é surpreendida lançando olhares extenuados procurando lonjuras, tentando alcançar descendências para se espelhar, suscitar preponderância dos antepassados, mesmo sabendo como é extenuante procurar abranger com a vista os contornos da transcendência, procurar entender a mímica do desarrazoado, viver na dependência do improvável, refém do hipotético. Entanto, não acalenta desapego absoluto às risonhas expectativas, faz ouvidos moucos aos escárnios do inacessível – ainda não abriu mão do sagrado desejo de cooptar o imprevisível, motivo pelo qual muitas vezes deixa as lamúrias na gaveta e caminha trouxe-mouxe pelas ruas assobiando trechos da *Nona*, de Beethoven, sem se preocupar com a sutil perspicácia da brisa desarrumando olhares levantando do chão desconfortáveis inesperados ciscos; acreditando, ingênua, que poderia, a qualquer momento, escalar degrau a degrau os fulgurantes caminhos dos alvissareiros, que estaria desde aquele momento predestinada às culminâncias, possivelmente procurando pretextos para seus pendores esotéricos que sempre antecedem aos delírios exóticos. Ah, essa tênue sensação de euforia apenas tentando se definir... Seriam esses ímpetos levianos do desejo? Dizem que os desenganos dela, nossa ontológica personagem, sempre foram alimentados pelos ingredientes afrodisíacos da soberania, sempre se guiaram pelos ventos propícios às dominâncias, às supremacias. Não é por obra do acaso que vez em quando repete para si mesma este desalentado mantra de sua própria autoria: *Viver? Nunca estarei preparada para esta emboscada*. Ah, esses acasos funestos despossuídos de piedade... Entanto, pessoas próximas comentam que ela vive facilitando o destino para se tornar mártir, quer a todo custo atrair a piedade dos circunstantes. Sabe-se também que a vida, para nossa ontológica personagem, é uma infindável coletânea de tramoias, de ribaldarias inauditas, e que ela desconfia que todos, modo geral, se alimentam, autofágicos, das próprias ardilezas. Ah, esses eflúvios astuciosos e ilusórios da verdade instaurando o autoengano... Seja como for, ela, nossa ontológica personagem, sabe da inutilidade de refugiar-se no ilusório, no imperceptível, não se inclina diante das incongruências etéreas do misticismo, diante das preeminências do espírito: é uma criatura quântica in totum. Entanto, afeiçoada vez em quando às antinomias, nos últimos dias tem estudado teologia, se empenhando nas alegorias e metáforas bíblicas, decifrando sabiamente quase todas elas, mas, sendo digna às próprias contradições, descobriu que sua vida continua, para ela mesma, obscura, enigmática, cabalística, sendo, além disso, visitada em sonhos por silhuetas etéreas que lançam mão de parábolas: palavras chegam entrançadas nas alegorias – frases cúmplices de possíveis deuses abstrusos. Ah, essas tais obscuras nem sempre indecifráveis vias reais para o suposto conhecimento das atividades inconscientes...

CAPÍTULO X

Sabe-se que ela, nossa ontológica personagem, mistura sonho com realidade: costuma dizer que outro dia conheceu senhor ensimesmado que garantiu que veio ao mundo a serviço do Rei Sol para recensear sombras – coletor de penumbras; independentemente da sua imaginação fértil, sabemos que ela, quando seu espírito não está obscurecido pelas intensas e reiteradas e desmanteladas cogitações, gosta de sussurrar nos seus arredios insondáveis, em seus remotos – afagar os próprios recônditos de intenções alvissareiras, mesmo sabendo que é difícil desvendar os meandros esperançosos que se camuflam no subsolo da utopia. Contam que muitas vezes sai de casa para andar trouxe-mouxe pelas ruas da cidade lançando mão da camuflagem, do imperceptível, fingindo ter em seu poder o anel de Giges – sempre procurando as entonações adequadas, os gestos adequados às soluções possíveis para os passos se adaptarem aos objetivos peregrinos. Quase sempre segue em frente afastando obstáculos obtusos e seus labregos apetrechos – passos únicos caminhando, desapercebidos, no sentido contrário ao unânime, apesar de vez em quando, amnésica, no transcurso das andanças, esquecer o ponto de destino. Outro dia, numa dessas caminhadas invisíveis, percebeu que havia do outro lado da rua, numa praça em chamas, nave de igreja debaixo dos escombros implorando ecos bachianos – combustão anedônica. Dizem que caminha dias seguidos pelas mesmas avenidas procurando a verdade – às vezes desvia num entroncamento e outro, induzida por simuladas exatidões; exausta, costuma sentar-se ali naquele banco das indecisões daquele parque das dubiedades – nunca segue roteiro preestabelecido, anda a esmo – andarilha aleatória. Propensa aos pânicos irracionais que se solidificam amiúde, ela, nossa ontológica personagem, é vez em quando absorvida pelo furor insaciável, atingida pela cruel e obstinada e impetuosa artilharia invisível do rancor – momentos nos quais desce ao imo da inquietude, ficando à mercê das próprias consumações. Encobertos pelo manto da dúvida, incertos rumores insinuam também que ela não consegue resguardar-se contra a inveja, armar contendas com os fluidos infecciosos da zelotipia. Ah, esses implacáveis mecanismos de desgosto provocados pela prosperidade alheia... Entanto, reconciliando-se consigo mesma, vez em quando se apega às estranhas afabilidades da indiferença, evitando, consciente, nunca ultrapassar o pórtico da extremidade – acumuladora de metáforas, acomoda-se no istmo entre o silêncio do ataúde e o tinido do alaúde. Pessoas muito próximas garantem que ela, nossa contraditória ontológica personagem, quase sempre só, angustia-se com as reiteradas desaparições do afetivo – ah, esses ventos idílicos contrários desarrumando acasos... Apesar de tudo, parece que sua prerrogativa existencial é o abstraimento, esse salubre refúgio reflexivo. Disseram que ontem amanheceu predisposta às condescendências, envolvida em eflúvios da tolerância deixando de lado, fazendo ouvidos moucos às parvoíces alheias. Ah, esses disfarces complacentes com intuito presuntivo-comiserativo... Seja como for, ela, nossa ontológica personagem, sabe exercer, quando quer, mesmo que seja no sentido figurado, alegórico, as tantas virtudes teologais, em acentuado relevo a caridade – travestida em cachimônia. Contam que hoje amanheceu convicta de que precisava ir em frente, altiva, manter sua obstinação itinerária com a mesma solidez do granito – passos irreconciliáveis com o retroceder, antecipando o logo-ali-adiante caminhando em ritmo acelerado – andarilha sem se devotar jeito nenhum às hesitações, às claudicâncias. De repente, entre uma esquina e outra, percebeu que, rebeldes, eram eles, os fluxos, que refluíam – motivo pelo qual ficou impossibilitada de ir e vir: viveu dias seguidos hipnotizada pelo Arredio. Cansada de persuadir ela mesma diante do espelho com olhares oblíquos e provocar fascínio em si própria com falsas doutrinas e se enredar em seus tentáculos ludibriosos e de permanecer com aquela vida entulhada de dissimulações, ela, nossa ontológica personagem, resolveu, num antojo, numa imaginação desenfreada, tentar criar, em seu laboratório abstrato, essência olfativa capaz de distinguir à distância os odores do autoengano. Temos a nítida sensação de que ela vez em quando amanhece incapacitada de conter a sanha dos sortilégios, as tramas engendradas em segredo pelos feiticeiros dos desígnios – sendo possivelmente enrodilhada nas malhas do inopinado. Entanto, sem conseguir decifrar a linguagem abstrusa do imponderável e os arrulhos dos empecilhos e decodificar o íngreme, aderiu à profana arte de colecionar blasfêmias contra o acaso. Dizem que ela ainda não aprendeu a decodificar os próprios entornos, a apalpar propinquidades, a reconhecer, mesmo de perto, o emblema, o sinal distintivo do contíguo. Mesmo assim, contraditória, consegue decifrar a esotérica geografia dos alhures e o roteiro místico dos algures. Ficamos sabendo que ela, nossa ontológica personagem, tem, nos últimos dias, caminhado manhãs inteiras para proporcionar possibilidades peregrinas ao próprio ócio. Ah, essas itinerâncias inativas andejando no sentido contrário às determinações laboriosas... Seja como for, tornou-se andarilha contumaz para tentar entender talvez a geografia dos próprios descaminhos, encontrar algum sentido topográfico nas estreitezas de suas veredas emocionais-existenciais. Sabe-se que às vezes caminha cantarolando seus blues preferidos, cuja poesia melancólica prenuncia sem rodeios a perenidade dos esmorecimentos. Dizem que fica no sótão, o baú de precariedades fica no sótão da casa dela. Ninguém nunca viu, mas vizinhos garantem que certa senhora ontológica e ambígua e quase nonagenária que vive num casarão daquela rua sem saída, guarda, a sete chaves, baú atafulhado de precariedades, entre tantas, muitos-inúmeros arrebatamentos que também não cumpriram seus objetivos. Achamos que seria mais que oportuno citar o poeta preferido de nossa ontológica personagem, Jorge de Lima: *Porque o tempo de depois é escuro como um poço e não tem horas para o amor*. Ah, essas trajetórias amorosas e suas intrincadas bifurcações e seus becos e suas vielas e suas veredas hieroglíficas... Difícil vivenciar tempo quase todo o transe da espreita inócua, querendo a todo custo apalpar inacessíveis, afagar improbabilidades. Entanto, moldada nos preceitos das antinomias, caminha altiva mostrando aos outros circunstantes que seus passos, emancipados, têm autonomia, sabem arregimentar peregrinações por conta própria, desnecessitando de andares paralelos, propínquos. Itinerâncias ardilosas, andanças charlatanescas, talvez. Possivelmente caminha trouxe-mouxe, a esmo, ouvindo plangentes cochichos e rumores de pretérito idílico irreversível. Hipóteses. Somos todos narradores de infinitas pressuposições. Podemos afirmar que ela, hoje cedo, vivendo mais um momento de solidão excêntrica, mostrou que suas possibilidades imaginativas não se esgotaram de jeito nenhum: ficou manhã inteira tentando até conseguir criar, em seu laboratório abstrato, aparelho auditivo capaz de proporcionar ao usuário ouvir o eco desmesurado do Sempre. Quando, dia desses, completou oitenta e seis anos de existência, concluiu que agora, dentro dos espaços diminutos e aceitáveis dos acanhados vindouros, poderá viver alheia aos sentimentos perigosos, aos conflitos explícitos dos deuses da adoração de si mesmos – idade na qual já não se perde em êxtases, onde se tropeça a todo instante nos evocatórios – e cai no esquecimento: vítima de naufrágios mnemônicos: espelho retrovisor em estilhaços; poderia admitir também, agora, aos quase noventa anos de existência, a possibilidade de lançar mão de seus recônditos e abscônditos pendores literários: garatujar alguns poemas arremedando possivelmente o autor de Mira-Celi, ou, quem sabe (?), fazer uso de seus congênitos tatibitates para escrever eventual obra ficcional, privilegiando, em quase todos os parágrafos, o vocábulo *talvez*, ou, usar este advérbio hipotético como único título do suposto futuro livro; não precisaria mais se preocupar com esses olhares enviesados, sutilmente devastadores de seus vizinhos coscuvilheiros; poderia possivelmente deixar cair em desuso nele, seu dicionário particular, muitos inúmeros substantivos, entre estes, Intransigência e Probabilidade e Ressentimento; não precisaria mais se inquietar com essas práticas esquivas dos deuses da complacência e seus petrechos altruísticos; poderia, e sobre isso temos quase certeza, não abrir mão, até o último instante, de seu alumbramento diante dele, luminoso Jorge de Lima, e dela, aquela irremovível e acalentadora cadeira de balanço que fica ali, no canto direito do alpendre – varanda coberta que acolhe há décadas infindáveis leituras e muitas plangências e muitas reflexões e muitas abstrações e muitas leituras e muitos desassossegos; não precisaria mais, agora, aos oitenta e seis anos, afagar propósitos, acariciar expectativas quase sempre lúridas, simular percepções; poderia, quem sabe (?), não se indignar mais com essas pragmáticas Parcas que transformaram os momentos idílicos dela, nossa ontológica personagem, numa canção de lamento, elegia, antecipando, décadas atrás, a ida definitiva de seu grande-único amor – motivo pelo qual não consegue decodificar as tais Intimações da Imortalidade, estabelecidas em tom imperioso, sufista, talvez, por Wordsworth; poderia viver agora na penumbra, longe de tudo-todos, e também distante de angústias e desesperos – inclusive afastada da escuridade dela mesma, a própria sombra; não precisaria possivelmente se preocupar nunca mais com suas suspeições de todas as latitudes, entre elas, saber se depois de todos os depois haveria apenas átomos e vácuo, ou, deixar de se inquietar, agora, aos quase noventa, com ele, seu ser-não-possibilidade; não precisaria mais se inquietar, sentir-se tomada de amargura porque não compreende o outro, sendo, sobretudo, incompreensível a si própria – não conseguindo nem mesmo contemporizar os próprios constrangimentos; poderia talvez concluir de vez que resignação é disciplina possível, perdurável, e que eles, os deuses, continuam vivendo nos intermundos, ainda não se interessando jeito nenhum por todos nós; poderia, quem sabe (?), deixar de se incomodar com sua existência, agora, mais do que nunca, desprovida de objetividade: perspectivas inócuas, inóxias; poderia também fazer da solidão sua pátria – à semelhança daquele filósofo do eterno retorno; poderia possivelmente continuar acalentando suas muitas múltiplas dúvidas, conservando-se afastada do automatismo psicológico; poderia talvez deixar de ser rude cantando feito as sereias, para seduzir – contradizendo Donne; não precisaria mais continuar anotando nele, seu volumoso caderno-revés, contratempos de todos os feitios; poderia concluir, agora, aos quase noventa, que somos, sim, algarismos e símbolos de uma criptografia divina; poderia também, quem sabe (?), deixar de entrar em acordos precipitados com suas muitas-múltiplas intuições; poderia possivelmente se apaziguar de vez com o desconhecimento de si própria, mesmo assim poderia talvez abolir suas incertas e reiteradas e titubeantes conjecturas, como, por exemplo, desconfiar que a duração do mundo no tempo seja mesmo eterna; entanto, deverá saber, ao certo, que ela, ontológica personagem, é temporânea, podendo desaparecer para sempre, logo, num átimo; ou poderia, quem sabe (?), perceber, a qualquer momento, vivendo isolada de tudo, todos, que ela é também, à semelhança de sua oficina subjetiva, uma abstração; ou poderia continuar quieta nele seu alpendre para seguir conselho cartesiano: ser mais espectadora que atriz em todas as comédias que se desenrolam nela, sua metrópole apressurada; ou, talvez, lançando mão de suas reiteradas antinomias, abandonar de vez a prudência, deixando sua própria vida correr à revelia, concluindo que será inútil, ingênuo, querer banir-abolir surpreendências, e que apenas Deus (abismo insondável?), nunca-jamais seria apanhado de surpresa: todos os acasos, todas as eventualidades preexistiriam nele; poderia possivelmente continuar afagando o lúdico se entregando sem reticências às façanhas prestidigitadoras dentro de seu laboratório abstrato – lançando mão de todos os disponíveis apetrechos fazedores de símbolos e metáforas; ou poderia se transformar numa espécie de mônada nua – sem consciência nem memória, sono profundo sem sonho; ou, quem sabe (?), ficar mais vezes em seu alpendre, abstraída, fingindo ignorar as representações subjetivas do mundo, se libertando das amarras dos intuitos; ou ficar, à semelhança dos sonhadores astecas, esperando a água do mar se juntar a água do céu; ou, praticando abstrações para afugentar assombros de todas as latitudes; não precisaria mais se inquietar com seus monótonos dias sempre idênticos a si mesmos, trazendo sensação de que reduz a pequenos, ínfimos fragmentos, o inesperado; poderia, agora, aos quase noventa, acepilhar insatisfações de toda natureza com a plaina da resignação, se conformando até mesmo com provável quase chegada da angústia – inquietude que ratifica a vaziez da vida; não precisaria mais talvez se inquietar com sua finitude, menos ainda com questões metafísicas, possivelmente irrespondíveis, como, por exemplo, a eternidade do mundo; não precisaria mais, quem sabe (?), querer desvendar, a todo custo, os subterrâneos dos deuses das desavenças, esses que engendram contendas entre ela, nossa ontológica personagem, e seus inexoráveis e discrepantes-conflitantes eus; não precisaria mais estudar a (digamos) genealogia do próprio desengano, estabelecer a origem de sua desesperança – tampouco querer procurar inútil vias de acesso às surpreendências encantatórias; poderia, agora, aos quase noventa, abrir mão de seu temor reverencial à chegada abrupta-definitiva das pragmáticas Parcas; poderia se livrar de vez talvez das reiteradas muitas múltiplas desarmonias interiores; não precisaria mais, quem sabe (?), ficar recostada em sua cadeira de balanço, ali no alpendre, afagando instintos ligeiros, sem precisar acalentar fugidios de todos os matizes, inclusive lançar mão de especulações poéticas querendo saber, inútil, que fizeram do brâmane que explicou os provérbios a Rimbaud; poderia também, agora, aos oitenta e seis anos, concluir de vez que é terra inacessível, impossibilitada de trazer à existência curso de água correndo em jorro – não mais se inquietando com as misérias da vida presente, sabendo que daqui a pouco poderá talvez viver, como diria Boccaccio, naquela outra vida cuja felicidade jamais se espera ter fim; não precisaria mais, quem sabe (?), se inquietar com seus reiterados tatibitates atafulhados de indefinidos contornos; poderia possivelmente deixar que o estoicismo rechaçasse, empurrasse para intangíveis lonjuras suas lacerações interiores.

CAPÍTULO XI

Entanto, sempre conivente com as antinomias, mesmo vivendo diante da estética do imponderável, ainda não perdeu a vontade de espiar, apesar de distante, o cotidiano, esse Urizen do calendário da monotonia, separando uns dos outros e cada um de si mesmo – depois de viver anos seguidos nesse ramerrão, palmilhando vereda batida, conservando antigos hábitos, ela, nossa ontológica personagem, aprendeu a adestrar o tédio entrando vez em quando em seu laboratório abstrato para tentar lançar os alicerces de seus delírios criativos, criando, entre aspas, dezenas de quinquilharias metafísicas (operação mágica destinada talvez a transmutar a realidade), entre elas, composto orgânico sintético capaz de eliminar inadequações de todas as latitudes. Fantasiar para não doidejar. Ah, esse canto plangente da tangência, esse tom dissonante do disfarce, esse expediente lúdico de lançar mão de ideias abstratas para debelar desvarios e todo o seu desatremado conglomerado... Entanto, dias permanecem duvidosos, atafulhados de momentos indeterminados e letárgicos e inextricáveis. Ela, nossa ontológica personagem, não consegue interromper o trote claudicante desses tatibitates cotidianos, da hipostenia dessas horas anêmicas, indecisas, debatendo-se na incerteza – reconciliação impossível com o convicto? Por tudo isso podemos imaginar motivo pelo qual ela criou seu laboratório abstrato, realidade invisível: para engranzular desconsolos de todos os matizes; delírios quixotescos, imersão no vazio para preencher por assim dizer as lacunas do inexistente – faz-de-conta para tornar dissonante a estética do imponderável. Sensação de que já se acostumou em afagar escassez. Ah, essas empreitadas imaginosas ineficazes... até certo ponto: ajudam nossa ontológica personagem a elaborar o próprio desconsolo com certo encantamento lúdico e a esquadrinhar seu próprio deslocamento na vida, e também a abafar os granidos das Parcas e a diminuir suas inumeráveis inadequações cotidianas. Logo, torcemos para que sua oficina intangível fique sempre de portas abertas disponíveis às visitações que dispensam igualmente realidades sensíveis, violando as leis da imaginação. Desconfiamos que ela criou para si o reino das não-evidências – jeito que encontrou para viver em consonância permanente com o despropositado, ou, quem sabe (?), para viver alheia às circunstâncias – ruptura com o cotidiano. Disparates ontológicos, com fundamento objetivo. Sensação de que ela se extasia com o sem-sentido absoluto, com o lado por assim dizer excitante do insólito. Hipóteses. Certeza: nossa ontológica personagem chegou aos quase noventa anos lúcida, e principalmente, lúdica: empreende exercício de afagar inverossímeis sem outro objetivo que o próprio prazer de fazê-lo. Verdade mesmo é que nossa ontológica personagem foi vista ontem à tarde, tempo todo no alpendre, recostada numa cadeira às vezes lendo seu inseparável Jorge de Lima, e, entre um intervalo poético e outro, recuperando a riqueza original da verdadeira contemplação – Era tão velho que morava dentro da morte... Tarde toda se encontrando com ela mesma, e com Mira-Celi, aquela que mandou construir caravelas: deu um mar a cada poeta. Tarde toda vivendo momentos sublimes da escritura, instantes em que palavras e ela se enrodilhavam em afagos mútuos – inexprimível entretecimento de canduras: Jorge e ela e Mira-Celi, juntos, se perdendo em êxtases, inclusos na eternidade, frustrando o inacessível, efetivando a urgência divina para reconhecer que uma estrela cadente vai logo mais se esfarelar dentro do destino deles três: do poeta e da musa e da leitora. Tarde toda lendo poeta cuja delicadeza de afetos e elegância espiritual possibilitou que nossa ontológica personagem se guiasse numa tarde escura. Ah, os poetas e suas prestidigitações lírico-alquímicas... Adeus, Mira-Celi, musas, sombras, símbolos, adeus, mulheres que nunca se completaram, faces dispersas entre as faces distantes e incompreendidas, adeus! Nossa ontológica personagem sabe que, aos quase noventa, não há refrão mais adequado do que o apelo do memento mori. Entanto, pondo-se em harmonia com as antinomias, não acredita que trovões lá fora, neste momento, sejam lamentos de suas carpideiras se aproximando para prantear seu próprio declínio – estima que ainda não chegou a hora de lançar mão de plangências fúnebres: quando está no alpendre, recostada em sua cadeira de balanço lendo seu poeta, consegue rastrear serenidade, protelar, acreditar, possivelmente ingênua, que poderá deixar para as calendas gregas a chegada do barqueiro Caronte. Sábios chineses de séculos bem anteriores, diziam: quando nos desprendemos do mundo objetivo, não há morte nem vida: somos como a água correndo incessante e que isto se chama: a outra margem. Sabe-se, com certeza, que ela, nossa ontológica personagem, sempre se entrega sem reticências à anunciação, ao encontro de Mira-Celi, aquela cuja presença se desvaneceu nos derradeiros limites de sua própria revelação. Ah, esses poetas, seres capazes de deslindar insondáveis, entalhar transcendências, desemaranhar incognoscíveis... Apesar dessas fugas poéticas, ela, nossa ontológica personagem, nem sempre consegue se abstrair suficiente para ignorar estas dores no peito que engendram desesperança – difícil absorver, serena, iminente destino que não se pode evitar: reconhece que tudo nela está ficando anacrônico, que está cada vez mais mancomunada com os deuses da decrepitude, com as deusas da fatalidade. Entanto, sempre estabelecendo aliança com as antinomias, desconfiam que há momentos nos quais olha-se no espelho e, fiat-lux, vê luminosidade nele seu olhar, vê, através dessa superfície extremamente polida, sorriso rejuvenescido – efeito produzido talvez pelo reflexo artificioso-luminoso da ilusão de ótica. Suposições. Sabe-se ao certo que ela, nossa ontológica personagem, às vezes, nas tardes de verão, sai enfatuada pelas ruas de sua metrópole apressurada presumindo muito de si, intumescida de vaidade com seu vestuário rejuvenescido pelo frescor do linho legítimo – é quando sua elegância chega, sem esforço, à sua manifestação máxima: até seus passos ganham novas nômades coreografias – andança restauradora de altivez. Ainda não se preparou para os atabalhoamentos dos desencontros – cruel relutância do imponderável. Entanto, vez em quando acredita numa esperança qualquer arrebanhadora de ternura, talvez, apesar das reiteradas habituais miopias do desencanto. Dizem que ela, nossa ontológica personagem, fica horas seguidas em sua oficina imaginária, compartimento ilusório que se encerra num código abstrato, criando serenidades em pílulas para adormecer prováveis caos. Mesmo assim, contraditória, acalenta tarde toda o inverossímil afugentando possíveis aproximações inconvenientes de simulacros-silhuetas do plausível.

CAPÍTULO XII

Senhora coscuvilheira moradora da casa ao lado descobriu, sorrateira, que nossa ontológica personagem cultiva paradoxos na edícula: especializou-se no plantio de incompatibilidades, motivo pelo qual seus olhares insaciáveis abarcam inclusive esguelhas e vieses e soslaios e alguns eteceteras atafulhados de obliquidades. Entanto, apegada às antinomias, vez em quando consegue decifrar hieróglifos em pupilas ainda não dilatadas. Dizem que apesar da velhice ainda não consegue estancar delírios – vez em quando olha para si mesma de relance e vê muitas feridas, mas, quando fixa o olhar, percebe que são muitas-inúmeras metáforas. Outro dia, ficamos sabendo que há semanas dentro das quais os dias se esfarelam no interior do ressequido niilismo de nossa ontológica personagem – desdenhosos esgares da descrença absoluta. Não é por obra do acaso que ela, insólita, fica vez em quando pensando nas funduras, nessas funduras tristes, solitárias, carentes de escafandros; possivelmente destroços invisíveis de muitos naufrágios dela mesma espalhados pelos cantos de suas plangências – vorazes rajadas da inquietude; desesperanças vulneráveis atingidas pelo torpor, motivo pelo qual está sempre do lado de fora das muralhas rochosas das probabilidades: refém do magnetismo dos inexequíveis, quase se acostumando de vez com as ressonâncias dos próprios queixumes. Noutras ocasiões, distraída, permanece tempo quase todo dispersa, vivendo nas bordas do neste-instante. Intransigente, nossa ontológica personagem fica dias seguidos protelando contemporizações: tem plena consciência de suas perspectivas indecisas, trêmulas, chacoalhadas pelos irresolutos tatibitates – solene procissão de ambiguidades. Contam que vez em quando se rebela contra os próprios sentimentos frouxos, desalentadores – não é por acaso que fica tardes inteiras debruçada na janela enxovalhando as reiteradas, insistentes precipitações da atimia. Vive muitas manhãs à procura do pretexto, tentando encontrar alegação-subterfúgio para afagar o tempo, seu tempo, ciclo de duração de sua vida – ainda não encontrou motivo para encobrir a verdadeira razão desse itinerário existencial. Entanto, tem certeza de uma coisa: a vida poderá ser épica; a morte, epigramática. Seja como for, segue em frente, passos irreconciliáveis com o retroceder, fazendo ouvidos moucos aos contrafluxos do acaso, às vozes contraditórias, às urdiduras indeterminadas do imponderável, às andanças predestinadas aos descompassos. Contraditória, às vezes passa semana inteira em seu laboratório abstrato tentando-querendo criar unguento capaz de rechaçar possíveis-prováveis surpreendências: não tem ligação afetiva com ilusões contemporâneas. Contam que ela, em suas caminhadas abstratas, fica tardes completas procurando prestidigitadores restauradores de altivezas: tentativa inútil de encontrar álibi para seus desabamentos emocionais – considerando que caminha cabisbaixa, vizinhos desconfiam que ventos propícios não têm sido receptivos com nossa ominosa ontológica personagem, motivo pelo qual é sempre chamuscada pela alegria dos outros. Ela tem saído pouco de casa: pés perderam obstinação peregrina, ou, talvez, seus passos únicos agora querem caminhar no sentido contrário ao unânime. Sabe-se, ao certo, que ela, alma inextrincável, misteriosa, sempre se esquiva, abstêm-se do plausível – são muitos os arredios nas entrelinhas de sua biografia. Sabemos, ao certo, que ela, aventureira incansável, continua empreendendo viagem dentro dela mesma, escarafunchando possíveis-prováveis esplendores internos, possivelmente entranhados em seu inexplorado subsolo. Contraditória, sempre se apega à magnitude das impossibilidades – a despeito de vez em quando lançar mão de luzes e sombras para ampliar as diversidades do talvez. Entanto, esperança quase sempre se desloca de uma parte a outra, atarantada, tentando, inútil, em ziguezagues, se livrar dos obuses do niilismo – abstrusas intenções. Ah, essas conjecturas de aparências prováveis e suas ilusórias fosforescências... Sensação de que suas probabilidades envelhecem depressa. Tempo todo envolvida nos nevoeiros dos tatibitates – tortuosos percursos da indecisão. Maioria do tempo não consegue conferir muita importância às próprias palavras, dar verdadeiro contorno aos próprios pensamentos – mesmo assim, sussurra, sempre, para apaziguar inquietudes, entrar nas profundezas noturnas-soturnas da própria alma – *sem escuridão como saberíamos apreender a natureza da luz?* Sabe-se que ela, nossa ontológica personagem, quase sempre lança mão desse jogo irrestrito das vicissitudes – cumplicidade inquietante. Pacto fáustico, talvez. Morbidezes indecifráveis. Entanto, aconchega-se prazenteira nessas miúdas perversões das inúmeras sintaxes aflitivas. Sensação de que guarda num baú qualquer coletânea de probabilidades inóspitas – desacontecimentos que transcendem a natureza das coisas: perspectivas estéreis. Mesmo assim, sente certo prazer em abranger com a vista os aros luminosos do Talvez – resplandescências do provável, claridades metafóricas. Vive se afeiçoando às hipóteses híbridas – imponderáveis tatibitates. Apesar dos pesares, caminha ilesa entre os ásperos tumultos de sua olorosa psique – peregrinações apaziguadoras: passos se adaptando às agressivas absurdidades do acaso. Entanto, vez em quando, deixa as metáforas de lado para sair às tontas, trouxe-mouxe: pegadas abolindo itinerários. Sensação delirante de que não existe geometria nos lugares sobre os quais ela transita – trilhas abstratas? Delírio óptico do narrador? Sabe-se ao certo que ela, nossa ontológica personagem, nos últimos dias, vive escarafunchando indeterminados cotidianos. Vez em quando é advertida, admoestada pelas aragens assertivas do convicto. Tempo quase todo transitando pelas tortuosas vertentes de sua insistência obstinada em direção ao lugar-nenhum: maioria das vezes tentando, inútil, enxugar lágrimas invisíveis gogolianas – vítima da solene monotonia das esperas ineficazes. Ah, essas manifestações demoníacas da inquietude... Sensação de que vive apenas para dispersar imprudências, perpetuar lamúrias: frágil subterfúgio – não consegue seguir os próprios instintos: pegadas sempre recobertas de névoas, neblinas sofísticas embaçando sua compreensão sobre as inquietudes da alma. Nos últimos tempos refugiou-se no subsolo dos pretextos: aprendeu o ofício de afagar escusas. Entanto, desde semana passada, aprendeu a se desabituar dos presumíveis. Opaca, nossa ontológica personagem especializou-se na arte de abolir incandescências – castiçal restrito jogado num canto do porão da descrença: desentendimentos nos escaninhos de sua própria espiritualidade. Dizem que tinha em seu poder (quando deixou de encarar com os olhos prosaicos a sua posição na vida) olhar ideológico, passos magnânimos chamando à existência peregrinações revolucionárias. Entanto, com o tempo, percebeu que andanças vanguardistas quase sempre desembocam nos becos ilusórios do devaneio.

CAPÍTULO XIII

Nos tempos mais recentes, afeita aos recuos, nossa ontológica personagem vive condescendente com os retrocederes – retornanças estratégicas. Aprendeu essa arte do recuo com os desconcertos, com as barafundas cotidianas. Agora consegue polir os avanços com o verniz da parcimônia. Vocação oblíqua: só olha seu semelhante de viés. Sabe-se que ainda não teve acesso a algo difícil, grandioso à semelhança da Certeza: apenas ultrapassou o pórtico do Talvez. Impossível compor uma exegese de suas impossibilidades. Tempo todo fazendo para si mesma aquela pergunta turgenieviana: *Se de oito tiramos dez, quanto sobra?* Sim: tempo todo aplainando planos irrealizáveis – entanto, já se acostumou com todas as aparências obscuras do real. Inegável sua atração hipnótica pelo etéreo: hipnose sublime, incorpórea – motivo pelo qual articula afetos com o transcendente. Apega-se à sintaxe da descrença: suas perspectivas sempre se despenham para dentro do desconsolo; desconfia das possibilidades – gosto apurado pelo improvável. Acalenta tarde toda, dia todo inverossimilhanças: afugenta possíveis aproximações inconvenientes de simulacros-silhuetas do plausível. Muitas vezes semanas inteiras sem encontrar nenhum vestígio do próprio acontecimento diário – sensação de que vive tempo quase todo ali, na edícula do cotidiano. Nossa ontológica personagem gosta de deixar seu olhar estagnado no pórtico da transcendência: acredita que poderá, a qualquer momento, começar a colecionar mistérios inéditos. Contam que há muita sisudez no olhar dela – sequidão óptica. Entanto, não provoca perplexidade neles, seus interlocutores: sabe praticar soslaios e vieses: pertence à árvore genealógica dos Oblíquos. Dizem que tem procurado, nos últimos dias, profissional dos enfeitamentos para pintar paredes dos cômodos de si mesma com substância aglutinante de corante extraída da euforia. Entanto, sabe-se, com certeza, que ela se trancou outra vez em seu laboratório abstrato para estudar-criar lâmina incognoscível capaz de aparar muitas-inúmeras saliências do desconsolo. Independente dele, seu caudal de incertezas, nossa ontológica personagem não angaria exasperações: sempre se preservando do enxurro de inquietudes – mesmo diante da dificuldade em dissecar silhuetas do abatimento, rastrear dias sombrios, acredita, num alvoroço repentino de esperança, que o esplendor está a caminho, encontra-se a poucas quadras daqui. Entanto, personalidade complexa, afeiçoada às antinomias, insinua para si mesma aparente altiveza, apesar de sussurrar às escondidas, soltando lágrimas tímidas, ambíguas, mostrando-simulando que aprendeu a abranger, conveniente, desfaçatezes de todos os naipes. Ah, esses convenientes momentos trincados de malícia, essas tropelias engendradas em favor do abstruso para querer-tentar desbotar as cores nítidas da realidade... Ah, dificultoso para todos, em acentuado relevo para ela, nossa ontológica personagem, viver horas propensas ao desconsolo, às colheitas ínfimas. Entanto, sabemos ao certo que ela se embala se envolve de fato na sonoridade poética do autor de Mira-Celi, esta que nunca se eclipsa toda, nunca está submersa; mas flutua como flutua a música ou a nuvem que paira sobre as cordilheiras – nossa ontológica personagem alcança êxtase ouvindo, entre aspas, o jazz lírico-numinoso de Jorge de Lima: *ato poético se inserindo no campo do sagrado*. Sabe-se também que ela, maioria das vezes, se abstrai, embora sabendo que não basta ignorar os instantes para fazê-los desaparecer. Mesmo assim simula ausência, inventa desaparecimento, tenta dispersar de si mesma para, quem sabe (?), dispensar inquietudes. Ah, essas fugas metafísicas e anódinas e seus apetrechos atulhados de desvalias. Entanto, sempre entretecida pelos fios dissonantes das antinomias, carente de substância, sempre se lançando no estranho, apegando-se aos inapreensíveis, entrou agora há pouco em seu laboratório abstrato querendo-tentando inútil criar, alquímica, panaceia qualquer para vivificar euforias pretéritas, juvenis, em especial. Dizem que ela, nossa ontológica personagem, na juventude, perdeu de vez um grande amor – morte prematura, desastre aéreo. Vizinhos mais próximos contam, nostálgicos, que ela e ele, aquele que voltará jamais, traziam sombras para tardes ensolaradas pelas quais transitavam; juntos, de mãos dadas, pareciam dar plenitude à cidade, dias pareciam ficar menos inúteis – motivo pelo qual saudade ainda traz até hoje dias ressequidos pela desesperança, desolação prevalece deixando alguns estremecimentos noturnos. Ela, quando ainda conversava amiúde com os outros, costumava dizer que pensar nele, seu amado, era sonhar lonjuras inabitáveis, mesmo assim, vez em quando, ouvia arfar do peito dele entrando sorrateiro pelas frestas da janela. Sabe-se ao certo que ela, nossa ontológica personagem, com a perda de seu grande-único amor foi perdendo destreza para suportar cotidianos: dias ficaram fugidios – solidão heteróclita: quase impossibilitada de se reconciliar consigo mesma. Não sabemos se ela, com o tempo, perdeu o rastro da ausência dele, seu grande amor. Pode-se dizer, sem resvalar em erro, que agora seus passos são abstratos; seu itinerário, insubstancial; que ela vez em quando caminha trouxe-mouxe pelas ruas de sua metrópole apressurada para escamotear desígnios, esquivar-se dos intuitos, acalentar furtivos – caminhar para não se deixar contaminar por esse agente infeccioso, cujo nome é torpor. Ah, essas apatias morais, que tais, colocando travancas nelas nossas possíveis-prováveis manifestações efetivas de desejo... Sabe-se também que a vida dela, nossa ontológica personagem, ganha alguma real significação quando, em momentos irreprimíveis, debruçada na janela, céu atafulhado de estrelas, procura, lúdica, alheia aos estudos sistemáticos da astronomia, entender, querer saber conhecer o enxadrista demiurgo que encaixou engastou esses corpos luminosos nesse tabuleiro sideral instalado no depois do depois de todos os páramos. Possivelmente nesses momentos estelares chama à memória Mira-Celi: *Peço que as estrelas se afastem para eu ver-Te a face*. Hipótese excelsa. Certo é que ela, nossa ontológica personagem, fica horas seguidas contemplando luas e estrelas e imaginando o tamanho e a resplandecência do mistério existente nesses escaninhos astrais – às vezes pergunta para si mesma: *É o sublime luminoso se escarnecendo de nossa desprimorosa opacidade?* Hipótese ao rés do chão. Insone, se deixa levar às alturas pensando, esotérica, na possibilidade transcendente de ela, à semelhança das estrelas, também poder ser vista um dia mesmo depois de morta. Entanto, sempre amparada nas próprias antinomias, conclui que nasceu predestinada aos destinos inconclusos. Ah, esses inexplicáveis obscuros inacabados que se enlaçam se confundem nos impermanentes, nem sempre determinados pela providência, pelos insondáveis ocultos numes de todos os naipes. Contam que às vezes, indo além de si mesma, ignorando os caprichos da razão, exercitando o natural e o sobrenatural entranhados em sua própria psique, ela abre a janela, dizendo aos gritos fragmentos com aspectos desconexos, aparências desarranjadas, aparentando desalinhos, possivelmente de autoria de seu heterônimo, ou de seu alter ego – todos com pendores surrealistas. Vizinhos conservam na memória muitos deles, modo geral, nossa ontológica personagem, canta a mesma cantiga, retrilha, repete: *Ineludíveis, são ineludíveis minhas inexatidões.* Ou: *O redemoinho é a labirintopatia do vento.* Ou: *Ainda não entendi motivo pelo qual a natureza deu ao vagalume o privilégio da fosforescência.* Ou: *Vocês vieram, mas não entenderam o simbolismo da própria vinda.* Ou: *É impossível desiludir as setas severas do inexorável.* Ah, essas irracionalidades e seus adágios e seus anexins e seus axiomas abstrusos... Podemos imaginar que ela, nossa ontológica personagem, não abre janelas para desatar nós, mas, quem sabe (?), para entrançá-los ainda mais.

Dados Internacionais de Catalogação na Publicação (CIP)
de acordo com ISBD

F383p
Ferreira, Evandro Affonso
   Perdeu vontade de espiar cotidianos / Evandro Affonso
Ferreira
   São Paulo: Editora Nós, 2023
   88 pp.

   ISBN 978-85-69020-82-0

1. Literatura brasileira. 2. Romance. I. Título.

	CDD 869.89923
2023-1528	CDU 821.134.3(81)-31

Elaborado por Odilio Hilario Moreira Junior, CRB-8/99490

Índice para catálogo sistemático:
1. Literatura brasileira: Romance 869.89923
2. Literatura brasileira: Romance 821.134.3(81)-31

© Editora Nós, 2023

Direção editorial SIMONE PAULINO
Coordenação editorial RENATA DE SÁ
Assistente editorial GABRIEL PAULINO
Revisão GABRIELA ANDRADE
Projeto gráfico BLOCO GRÁFICO
Assistente de design STEPHANIE Y. SHU
Produção gráfica MARINA AMBRASAS
Assistente de marketing MARIANA AMÂNCIO DE SOUSA
Assistente comercial LIGIA CARLA DE OLIVEIRA

Imagem de capa FELIPE ABREU
Sem título, 2020.

Texto atualizado segundo o novo
Acordo Ortográfico da Língua Portuguesa

Todos os direitos desta edição reservados à Editora Nós
Rua Purpurina, 198, cj 21
Vila Madalena, São Paulo, SP, CEP 05435-030
www.editoranos.com.br

Fonte FREIGHT
Papel PÓLEN BOLD 90 G/M²
Impressão MUNDIAL